結婚詐欺花嫁の恋
～官能の復讐～

Ayano Saotome
早乙女彩乃

CHARADE BUNKO

Illustration

水名瀬雅良

CONTENTS

結婚詐欺花嫁の恋～官能の復讐～ ―――― 7

犬も食わない…♥ ―――― 261

あとがき ―――― 272

本作品の内容はすべてフィクションです。
実在の人物、団体、事件などにはいっさい関係ありません。

結婚詐欺花嫁の恋～官能の復讐～

【1】


午後八時をまわった新宿の小さな画材店に、客の姿はまばらだ。

加納悠斗《かのうゆうと》は、基本的に夜になってからしか出かけない。

外出は必要最小限にして、まるで世間から身を隠すように生きている。

その理由は、ある人物に見つかることを恐れているからだ。

「あ、ターナーから新色が出てる。これ、試してみたいなぁ」

今夜も星が空を支配する頃になってようやく外出した彼が、ひどく熱心に選んでいるのはアクリル絵の具。

「このメーカーから新色が出るなんてホントめずらしい。でもすごく綺麗《きれい》な色」

イラストレーターという仕事をしている悠斗は時々この店を訪れるが、絵の具を選んでいるときの目はいつになく活《い》き活《い》きとしていた。

長いまつげにくっきり縁取られた目は大きくて、黒い瞳《ひとみ》がつややかに輝いている。

すっきりした鼻梁《びりょう》と小さめだけど厚めの唇は、思わず触れてみたくなるほど、ふっくらしてやわらかそうだ。

一見すると女性的な華やぎを持つ顔かたちだが、着ている服装は白のポロシャツとジーンズという、ひどく飾り気のないものだった。

そんな地味な服装に相反する可憐《かれん》な容姿のせいで、悠斗は否応《いやおう》なく人目を引いてしまい、いくら目立たないよう心がけていても無駄な努力にしか見えない。

「あ〜、信じられない！　マゼンダが切れてるなんて、ありえないし…」

最近ではペンで手書きしたイラストをPCに取り込み、フォトショップなどを使って着色することが主流になってきたが、悠斗はもっぱらアナログ派だった。

それというのも、彼のイラストの売りは、手書きの温かみだからだ。

「困ったな。他の店に行こうか？　だけど…人通りの多い場所にある店には行けないし…どうしよう」

絵の具の棚の前で思案しているとき、いきなり背中に誰かの殺気を感じた。

第六感のようなものだが、悠斗のこういう感覚は往々にして当たってしまうことが多く、今回も例に漏れなかったらしい。

「やぁ、久しぶりだな悠斗。三年ぶりか？」

背後からかけられた覚えのある甘いテノールに、一瞬にして身体《からだ》が凍りついた。

嘘《うそ》だろう？

こんなことって…。

この三年間、毎日毎日、身を潜《ひそ》めて暮らしてきたのに、その甲斐《かい》もなく彼に見つかってしまうとは。

最悪だった。

それでも相手を無視するわけにはいかなくて、悠斗は跳ねあがった鼓動もそのままに、意を決して振り返った。

「っ…」

息を飲んだ。

ブランド物のスーツを上品に着こなす洗練された彼の姿が、以前と少しも変わっていなかったから。

「悠斗、元気そうだな」

忘れもしない、整った顔立ちの背の高い男性は、まるで時間の経過など存在しないかのように目の前で微笑《ほほえ》んでいる。

清潔感のある黒髪は癖がなく、今も野外の慈善ボランティア活動に参加しているのか、肌はほどよく日焼けしていた。

奥二重のまぶたは目元をすっきりさせて彼を聡明に見せ、高い鼻と薄めの唇の配置バランスが絶妙だった。

以前と変わらない、誰が見てもハンサムで、笑うとにかく白い歯が好印象な彼の名は、真成寺圭吾《しんじようじけいご》。

日本屈指のホテルチェーン、倉科《くらしな》グループの三男坊である彼は、品川本店で広報部長という役職に就いていた。

「どうしたんだ悠斗。まるで幽霊でも見たような顔をして、俺を忘れたなんて言わないでくれよ」

彼から穏やかな気配しか感じ取れず、悠斗は逆に気味が悪くなる。

どうして？

なぜ圭吾は笑っているんだろう？

僕は、ひどく彼を傷つけて裏切ったのに。

その笑顔に、逆に身の毛がよだつ。

ヘタにののしられるより、よほど空恐ろしいと悠斗は感じた。

「あの……」

真成寺圭吾は三年前、悠斗が生涯を誓った相手…人生のパートナーだった。

でもそんな大切な相手を、悠斗は手ひどい形で裏切って、なにも言わずに彼の前から姿を消した。

あれから三年の歳月が流れ、今日までは上手く彼から逃げおおせていたのに…。

「悠斗が急にいなくなって、俺がどれだけ心配していたかわかるか？　でも、元気そうで安心したよ。なぁ、少し話がしたい。今から軽く飲みに行かないか？」

まるで二人の間になんの問題もなかったような彼の態度に、悠斗はただ怯《おび》えてしまう。

「どうしたんだ？　俺の話、聞こえているか？」

腕をやんわり摑《つか》まれ、我に返る。

「い、いや。いいよ……今日は、これから用事が…あるから、遠慮しておく」

圭吾の表情が穏やかなままだから、なんとか辞退したが…。

誘いを断ったとき、その偽りの仮面が一瞬だけはがれ落ちる様を悠斗は見逃さなかった。

「こんな夜遅くにどんな用事があるんだ？　それは、久しぶりに再会したパートナーの話より優先されることなのか？」

表情は穏和なのに、すっと目尻が切れあがって眼光が鋭くなり、悠斗はとたんに怖じ気《おけ》づく。

「っ……」

「カクテルが旨《うま》い馴染《なじ》みのショットバーなんだ。都会の隠れ家的な場所にある静かな店だから、込み入った話もできるだろう？」

込み入った話…と言い切った彼に、思い当たる節が大いにある悠斗は逆らえない。

たとえ拒否したとしても、それを許さないような断固とした気配が圭吾からは感じられた。

「いいだろう？　久しぶりに二人で話をしよう。それとも悠斗は俺の誘いを断るのか？」

摑まれた腕が汗ばんでいて、涼しい顔をしている圭吾も実は緊張しているのだとわかる。

「…ごめん。わかった。行くから」

渋々承諾すると、圭吾はまた偽りの優しい微笑みを顔面にまとう。

「嬉《うれ》しいよ。悠斗」

連れだって画材店を出ると、彼は通りでタクシーを止め、後部席に悠斗を押し込んでから自らも乗車した。

走り出した車内はひどく静かで、せめて音楽でも流れていたらと悠斗は思う。

隣り合った肩が揺れるたびに触れてしまい、緊張で高鳴る鼓動を相手に知られないかと、そんなことばかりが気になった。

必死で消し去ったはずの彼との甘い記憶を、一瞬にして思い起こさせるコロンの香り。

官能的な夜に睦《むつ》み合ったベッドで、汗と混じり合っていつも嗅《か》いだ甘やかな匂《にお》い。

きっと、圭吾は自分の裏切りを許さないだろう。

「悠斗は、三年前と変わってないな」

「……うん。圭吾も」

でも一番気になるのは、この再会は…本当に偶然なのかということ。

あれほど注意を払って身を潜めていたのに、どうやって居場所がバレたのだろうか?

息苦しいほどの沈黙の間に三年前のことがよみがえってきて、悠斗は胃のあたりを押さえた。

これは偶然だと思いたいけど…きっと違う。

偶然じゃない。

だって考えてもみろ。

圭吾が画材店なんかに一人で来るはずがないんだ。

ということは、僕の行動が知られてた？

そんな…いったいいつからだろう？

後部席で気づかれないようにそっとドアに身を寄せ、圭吾から逃げるように距離を置く。

だがそれが気に入らないのか、彼は尊大な態度で悠斗の肩を抱いて引き寄せた。


品川にある高層マンションの前でタクシーを降りた圭吾は、そのまま悠斗をエントランスに導こうとするが…。

どう見てもここに店舗が入っているとは信じがたい悠斗は、違和感だけが募ってその場で足を止めた。

「あの……個室のあるショットバーって、このマンションの中にあるのか？」

「そうだ。隠れ家的な店だと言ったろう？　積もる話もあるからゆっくり話したいんだ。悠斗だって、人の多い店でされたい話じゃないだろう？」

弱いところを突かれて、反論もできなかった。

彼はエントランスのセキュリティー番号を知っているらしく、難なく通り抜け、そのままエレベーターに乗る。

この時点でさらに疑惑は深まったが、すでに肩をがっちりホールドされていて、逃げることは不可能だった。

「ほら、最上階なんだ。こっちへ」

廊下を歩いて南側の角部屋の前に立ったけれど、シンプルなドアがあるだけで店の看板などは掲げられていなかった。

圭吾はカードキーでドアロックを解除すると、悠斗の肩を抱いたまま玄関に入る。

「ちょっと、待って」

広い玄関スペースが二人を迎え入れたが、やはりどう見てもバーなどではなかった。

完全に騙《だま》されたとわかったが、もう遅い。

「なぁ、いやだよ。ここ、圭吾の部屋なんだろ？」

早急に部屋から逃げなければとドアに手を伸ばしたが、届く寸前に閉まって自動ロックがかかる金属音が響いた。

ここが完全に、外の世界と隔絶されてしまったことを感じる。

「なぁ、圭吾。どうしてこんな！」

男の腕を振りほどこうとしたが、逆に容赦ない力で厚い胸に抱きすくめられてしまう。

「悠斗。悠斗……悠斗」

「え……」

強硬な態度とは真逆の、切ない声で名を呼ばれる。

「やっ…いやだ、圭吾！」

抵抗すると、逞《たくま》しい腕がさらに強く背中に絡みついて、上手く息も継げない。

「悠斗っ」

彼の声色に愛《いと》しさと甘やかさを感じ取ってしまった悠斗の脳裏に、捨てたはずの過去が一瞬にしてよみがえった。

「会いたかった…悠斗……」

この腕も声も匂いも知っていた。

「いやだ。放せってば！」

でも、すべては過去のこと…。

「圭吾…苦しいから…やめて、くれないか！　今さら、馴《な》れ馴《な》れしくしないで欲しい」

突き放つような言葉が発せられると、とたんに締めつける力が和らいで、悠斗はようやく肺を酸素で満たす。

「俺は、おまえを捜していたんだ。この三年間ずっと」

やはり予想していた通り、この再会は偶然じゃなかった。

そうだよな。

だって僕は、それだけの罪を犯したんだから。

「悠斗、理由を訊《き》かないのか？」

尋ねる声が優しい気がして、思わず相手の顔を見あげる。

「わかってるよ、理由なんて。僕が圭吾から騙し取った一億を返済させるためだろう？」

わざと自虐的でリアルな言葉を選んで答えると、彼は目を疑うほど傷ついた表情を見せた。

「あぁ、そうだな。おまえは確かに俺から一億を騙し取った。でも…それ以外の理由は思い当たらないのか？」

「お金以外で、圭吾が僕を捜すどんな理由があるんだよ！」

「悠斗は少しも考えつかないのか？　俺がおまえを…」

昔と変わらない、爪《つめ》の綺麗な指が頬《ほお》を優しくなぞって、ぞくっと肌が震えた。

甘いキスをする前、いつも彼がしてくれた癖だったから。

「なに…やだって…よせ」

急いで数歩さがったが、すぐに玄関の壁に背中が当たって呆気《あっけ》なく追いつめられる。

逃げ道をふさぐように圭吾が勢いよく壁に片手をつき、今度は下唇に触った。

「圭吾っ」

端整な顔が近づいてくると、反射的に目を閉じたが…。

そう思ったが、もしかして僕は、期待して瞳を閉じたんだろうか？

もう一度、優しいキスをして欲しくて？

まさか、そんなはずはない。

圭吾のキスなんて欲しいはずがない！

だが唇が交わる寸前、彼の携帯が鳴った。

「くそっ」

圭吾は忌々《いまいま》しげに胸ポケットから携帯を摑み出すと、誰かと簡単に用件を話す。

「あぁ、おまえか。ご苦労だった。彼は例の場所で間違いなく拘束した」

今の会話を聞いて悠斗は察した。

圭吾は自分の所在を、探偵かなにかに調べさせていたのだということを。

でも、それは無理もない。

自分は彼に恨まれて当然の罪を犯したのだから。

「悠斗、隠さずに答えてくれ」

さっきの甘い雰囲気は今の電話のせいで消し飛んでしまい、冷静な目をした彼に問いつめられる。

「おまえが一億円を持ったまま俺の前から姿を消したのには、なにか理由があったんだろう？　そのわけを話してくれ」

壁に追いやられた背中が冷たくて、心まで凍《こご》えそうになる。

「……………」

「なぜ、なにも言わないんだ？　なにか事情があったんだよな？　今、正直に打ち明けてくれたら俺は悠斗を許す。だから話して欲しい」

今さら話すことなんて一つもない。

「悠斗っ、どうして黙っている？　なにがあったんだ？」

悠斗は意地悪く瞳をすがめると、一番醜悪な言葉を選んだ。

「圭吾は…自分が騙されたって思いたくないから、僕に言い訳して欲しいんだろう？」

「なんだって？　悠斗…」

傲慢《ごうまん》に顎《あご》をあげ、斜に構えてうっすら笑みを浮かべる。

「別にさぁ、ワケなんかないよ。ただ単純にお金が欲しかっただけさ」

ドラマに出てくる悪役みたいな、意地悪な表情で言い放つ。

「っ…おまえがそんな……金が欲しかったから俺を騙したなんて、信じたくない」

「悪いけど、今話したことが事実で全部なんだ。気づいてないなら言うけど、圭吾ってすごく騙しやすかったんだよね。ぼんぼん育ちのいい人でさ」

相手を小馬鹿にしたように肩をすくめると、いきなり正面から両腕を掴まれた。

「あっ！」

爪が食い込むほど力が強くて、彼の動揺がどれほどのものか知れる。

「なら、教えてくれよ。最初からなのか？　初めて出会ったときも、俺を騙すために近づいたのか？」

「あぁそうだよ。お金持ちで慈善家なんて一番簡単でおいしい。それに圭吾は最初から僕に気がありそうだった…すごく騙しやすそうだったから、詐欺のターゲットに選んだんだ」

「詐欺のターゲットだって？　はは…悠斗、まさか……おまえは…」

結局はそういうことだ。

「圭吾の想像している通りだよ。僕は、結婚詐欺師なんだ」

そのとたん、視界が上下に乱暴に動いて、悠斗は強く揺さぶられていることを知る。

「嘘だ！　俺を愛していると言っただろう？　友人たちの前で生涯の愛を誓った！」

「あははは、あんなの信じてたの？　おめでたいね、圭吾は。だから僕みたいな結婚詐欺師に引っかかるんだ。いい？　僕はただお金が欲しかっただけだよ。まだ信じているなんて馬鹿みたいで笑わせる」

ひどい暴言。

「悠斗……それが真実なんだな。おまえは、最初から俺を騙すために近づいたんだな？　わかったよ。なら…」

彼の瞳から、わずかに残っていた温《ぬく》もりが完全に失《う》せる。

「来いよ。人の物を盗んだおまえには、罰が必要だな」

「あっ！」

細い手首を引ったくるように摑んだ男は、悠斗を引きずって廊下の奥の部屋へと連れていく。

ドアを開けるとそこは二十畳はある広いベッドルームだったが、家具はベッドとサイドチェスト、そしてキャビネットがあるだけのシンプルな室内。

ひどく生活感のない空間で、彼が普段からこのマンションで暮らしているようには見えなかった。

「さぁ、入るんだ」

相手が自分になにを求めているのかがわかって、悠斗はおののいた。

今さらだから…。

「い…痛いよ、圭吾。腕が痛い。放してっ」

彼が望むまま、ベッドの上に突き飛ばされる。

すぐに起きあがって逃げようとしたが、仰向《あおむ》けの腰に馬乗りにされ、動きを封じられた。

見あげた彼の顔は、悠斗の知っている彼とはまったく別人のそれだった。

憎悪と侮蔑《ぶべつ》、そして深い哀《かな》しみのこもった視線を浴びせかけられ、背筋がゆるやかに冷えていく。

「いや…だよ。こんなの……お願い、やめて」

「なぁ悠斗。おまえの正体が結婚詐欺師だったとわかった今、俺はおまえを罰する資格があるよな。違うか？」

圭吾の訴えは、なに一つ間違っていないことを知っている。

その沈痛な面持ちを見ていたら、逃げる気も失せていった。

「答えろよ、悠斗」

悪いのは間違いなく自分なのだから、もう逃げるのはやめて潔く罰を受けよう。

それが正しい選択で、手っ取り早いから。

「………ぅん…圭吾の言う通りだよ。圭吾には僕を罰する資格がある。だから…僕を好きにして。ここで首を絞めてもいいし、いっそ刃物で刺し殺してもいいよ」

「残念だが悠斗。おまえをそんな簡単に楽にはさせてやらないさ。俺が苦しんだ三年分、おまえを苦しめてやる」

「え？　な、に…僕を、どうするつもり？　圭吾はまだ僕を好きなんだろう？　だから、ひどいことなんてできないくせに！」

いくら強がってみせても、ぴったり重なった逞しい身体に、悠斗の震えは簡単に伝わってしまう。

「おまえのこんな怯えた様子は初めて見たよ。新鮮だな…それに、いい気味だ」

「っ……！　なぁ圭吾…僕を、どうしたいの？　なにをすれば許される？」

「そうだな。悠斗には一億の借金を、耳をそろえてきっちり返済してもらうことにする」

「……待って。お金のことなら！　聞いて圭吾」

先に話しておきたいことがあって懸命に言い募った言葉は、相手の強い口調に遮られて届かなかった。

「うるさい黙れ！　悠斗に最後のチャンスをやるよ。おまえが少しでも俺に罪悪感を持っているというのなら、借金を返す最適な手段を与えてやる」

圭吾の瞳が凶悪な眼光をはらんだ。

「僕が、借金を返す…最適な、手段？」

不安に浸食された悠斗を一瞥《いちべつ》してから、圭吾は傲慢に言い放った。

「そんな顔をしても無駄だ。俺はもう二度とおまえに騙されないからな」

「……圭吾、僕は…いったいどうすれば？」

「簡単なことだ。俺がおまえに貢いだ一億円分、身体で払ってもらう。それが完済すれば、おまえをこの部屋から解放してやる」

おそらく彼の抱える痛みは、怒りによって形成されているのだと悠斗にはわかった。

そうか。

単に借金を返済すればいいわけではなく、僕を貶《おとし》め、苦しめるのが圭吾の真の目的なんだ。

「わかったよ。僕がこの身体で借金を返すことが望みなら、その通りにする」

「よし、言ったな？　ならば今後一切、俺に逆らうなよ。なにを命じられても俺に忠実に従うと誓え」

どうせもう逃げられない。

ならば、従う方が得策だろう。

「わかった。僕は、圭吾に逆らわない。なにを命じられても忠実に従うよ」

素直に服従を示したのに、まるで汚い物でも見るような目で悠斗をさげすんだ圭吾は、吐き捨てるように言った。

「その覚悟が本当かどうか試してやる。なら、手始めに裸になれ。それから、犬のように床に四《よ》つん這《ば》いになるんだ」

「えっ！　どうして……そんな…ひどい、こと…」

単に肉体的に痛めつけられるのではなく、彼が悠斗の自尊心をも踏みにじろうとしているのがわかった。

呆然《ぼうぜん》としたが、有無を言わせない態度の男に従うしかなかった。

十分後、悠斗は身を焼くような壮絶な羞恥《しゅうち》と戦っていた。

全裸になっただけではなく、獣のように床に這わされている。

対して圭吾の方は、少しも乱れないほどきっちりスーツを着たままだ。

「そんな悔しそうな顔をするな。今、おまえは犬なんだよ。さながら、雄《おす》をたぶらかす卑《いや》しい雌犬《めすいぬ》だ。だからそうして床に這っているのが似合いなんだよ」

暴言を吐き落とした男が、なにかを手にしているのが見えた。

アルミの平皿と、シルバーのスタッズが均等に並んだ黒革の首輪だった。

「いやだ！　そんなもの、どうして？」

「さっき言っただろう？　おまえは嘘つきの卑しい雌犬で、飼い主の手を噛《か》んで逃亡を図ったんだから、もう二度と逃げられないよう繋《つな》いでおくのさ。俺はなにか間違っているか？」

「………っ」

「ふふ。悔しいみたいだな？　相当屈辱的な姿だろうから、こたえるよな。それから…」

ドア近くまで歩いていった圭吾はいったん平皿を床に置くと、四つん這いの悠斗の傍《そば》まで戻ってきて身をかがめる。

そして手にした黒革の首輪を、細い首元にゆったりと巻いていく。

「この首輪にはセンサーがついていて、玄関から外に出れば強力なアラーム音が鳴り続ける仕組みだ。だから逃げようなんて思うなよ。それから、首輪は俺しか外せないからな」

冷たい感触が首に触れた瞬間、悠斗は湧《わ》き起こった嫌悪感のままに相手の手を引《ひ》っ掻《か》いてしまった。

「おいおい、俺に逆らわないんだろう？　誓った直後からもうその態度か？」

圭吾の手の甲に爪で引っ掻いた傷ができ、うっすら血がにじんでいた。

「ぁ………ごめん。僕は、ただ…」

「しょうがない駄犬だ。もうしないか？」

悠斗は歯形が残るほど下唇を噛み締めたが、伸びてきた手に襟足を掴まれ、顔をあげさせられる。

「ほら、もう二度と逆らいませんと言えよ」

決して強い力ではないけれど、圭吾がこんな乱暴なことをするのが信じられなくて哀しくなった。

「……さ、逆らわないよ。もう…二度と」

言わされている自分に対してもだが、優しかった彼の変貌《へんぼう》があまりに哀しくて、涙がにじんできた。

「そうか。でも俺は、言葉は信じないことに決めたんだ。だから、おまえが忠実な俺の雌犬である証《あかし》として、その首輪には俺の名前を刻んでいる」

首輪にリードがつけられると、悠斗はすべてが絶望の淵《ふち》に落ちていくような幻覚を見た。

でもそれは、幻覚でもなんでもないのだが…。

「似合ってる」

圭吾は立ちあがって、リードで繋がれた己の飼い犬を満足げに眺める。

「いいか、これはおまえが主《あるじ》に負わせた傷だ。さぁ舐《な》めろ」

紅《あか》く血がにじんだ手の甲が目の前に差し出され、悠斗は従順に傷口を舌で舐めた。

「ん……っ……」

口の中に鉄の味が広がる。

普通なら不快に違いない行為を強要されているのに、それが彼の血だと思うと不思議と嫌悪感はなかった。

「ふふ、悠斗はなかなか舐めるのが上手いな。だから、ご褒美をやるよ。どうだ？　そろそろ喉《のど》が渇いてきた頃だろう？」

圭吾は今度、ドアの前に置かれた銀の皿を顎で示した。

ここからは見えないが、実際は少量の水が入っているのだと彼は言う。

「まさか…嘘だろう？　これじゃぁ、まるで本物の犬みたいだ！」

彼がさせようとしている仕打ちがわかって、絶句する。

「悠斗はなにか勘違いしてないか？　俺は犬みたいなことを悠斗にさせてるわけじゃないんだよ。おまえが俺の雌犬なんだ」

わずか数十分前、圭吾との再会でわずかながらも甘い感傷に浸っていた自分が馬鹿みたいに思える。

「さぁ、ドアの前まで少し部屋の中を歩かせてやる。来いよ。犬らしく這えよ」

首輪に繋がれたリードの先を摑んだ圭吾が、軽く引っ張った。

「ぐっ…ぅ」

これでは、主人に散歩をさせてもらう犬そのものだ。

「っ…」

首輪で喉が締まるのを恐れて、悠斗は立ちあがろうとしたが…。

「立つんじゃない！　這うんだ。言っただろう？　おまえは俺の雌犬だって」

悠斗の自尊心を打ち砕くために、圭吾は白い尻《しり》たぶを軽く叩く。

「ひっ…ぁあ………っぁ」

雌犬の尻がおびえたように震えたあと、悠斗の右手が一歩を踏み出した。

広い寝室を、リードに引かれながら、皿の置かれたドアの前まで這い進む。

犬のように這わされることもだが、全裸という状況にプライドが踏みにじられ、人としての尊厳を奪われていく。

きっと圭吾はそれを見越して、こんなことをさせているのだろう。

「可愛いよ、悠斗。それに、やらしくて…いい眺めだ」

裸体に絡みつく熱を帯びた視線で、皮膚が灼《や》けそうだった。

「さぁ、喉が渇いているだろう？　遠慮なく舐めろよ」

アルミ皿の前まで這わされた悠斗は、情けない声で懇願する。

「…圭吾、水を舐めるなんていやだ。それに喉なんて渇いてない！」

「勘違いするなよ悠斗。悪い雌犬にはお仕置きが必要だから、させているんだ。これは俺を騙して逃げた花嫁をこらしめるための躾《しつけ》だと覚えておけ」

悠斗は屈辱を噛み締めながら、肘《ひじ》を床につけて皿の水に口を近づける。

唇が水に触れたとき、思った以上に喉が渇いていることを実感して、その要求に負けた。

水面に口をつけて、舌で水をすくうようにして少しずつ飲む。

「ははは、そんなに喉が渇いていたんだ？　それにしても、いい格好だな悠斗。俺の飼い犬にされた気分はどうだ？　嬉しいか？　それとも、悔しいのか？」

もちろん悔しい。

でも…これは結婚詐欺を働いた、自分への報復なのだろう。

「圭吾が……僕の惨《みじ》めな姿を見て満足できるなら、これでいい。好きにすればいいんだ」

正直な気持ちを口にしただけなのに、目の前の皿が蹴《け》り飛ばされた。

開き直ったように見えたのかもしれない。

「もういい！　さぁ、もう一度ベッドまで這っていけ」

再びリードを引いて床を這わせた圭吾は、悠斗を自らベッドにあがらせた。

リードの摑み手をベッドのヘッドポールにくくりつけると、圭吾もベッドに乗ってくる。

「さぁ悠斗。ようやく一億の借金を回収するときが来たようだな。しっかり奉仕して、俺を愉《たの》しませて満足させるんだ」

「わかってるよ！　だから、なんでも命令して。まず僕はなにをすればいい？　圭吾のを舐める？　それとも、自分であそこを広げる？」

確かにヤケになっていたのだろう。

大胆で汚らしいセリフがお気に召さないのか、圭吾は顕著に表情を歪《ゆが》めた。

「ふん、それは追々やってもらうさ。でも今日は久しぶりだから、ぜんぶ俺がやってやる」

従順になった雌を組み敷く圭吾は、全裸に唯一ハメられた首輪を愛おしげに撫《な》でる。

「それに、この状態だとおまえは動きづらいだろうからな」

悠斗の首輪につけられたリードは二メートルほどしか長さがなくて、逃げることはおろか、ベッドから離れることすら叶《かな》わぬ距離だった。

あきらめたように見あげると、圭吾の表情がひどく険しく見えて驚く。

「なぁ、俺から離れている間、この身体を誰かに抱かせたのか？」

あまりに唐突で、まったく会話の流れに沿わない急な質問に悠斗は意表を突かれる。

懸命に表情を変えないよう努めても、喉がごくりと音を立ててしまい、相手に疑念を持たれる結果となる。

「…っ。さぁ、どうかな？　そんなこと、圭吾には関係ないだろう？」

意地悪く笑ってみせたつもりだったが、泣き笑いの面相になっていた。

「やっぱりおまえは嘘つきだな。まぁいい。そこを掘り下げるのは今度にするよ」

だが明らかにホッと息をつく悠斗を見て、圭吾は苦虫を嚙みつぶしたような顔になる。

「っ……」

そんな、ふとした圭吾の表情が悠斗にはひどく懐かしくて、思わず胸の奥が温められて息苦しくなる。

あの頃、悠斗が天然な発言をしてしまったとき、圭吾はよくそんな顔をして困ってみせた。

「悠斗？　なぁ……どうした？」

哀れにベッドに組み敷かれた状況から、悠斗は改めて圭吾を見あげた。

いつまでも変わらない端整な容貌に鼓動が速くなり、昔のように見惚《みと》れる。

初めて会ったときも彼は品のいいスーツを着ていたが、今も趣味がいいのは変わらないらしい。

濃紺のスーツがとてもスタイリッシュで、よく似合っている。

「なんだよ悠斗。俺に見惚れている場合か？　今からお仕置きされるっていうのに」

ちゅっ…と唇に触れるだけのキスをされて、まぶたが痙攣《けいれん》みたいにピクピクした。

「ぁ！　圭吾…」

幸せだった頃を懐かしんでいたが、今がどういう状況なのかを改めて思い出す。

全裸の自分は犬の首輪をはめられてリードで繋がれ、しゃれたスーツをまとう男に組み敷かれている。

死にたくなるほどの屈辱だ。

今のこの状況は、彼と結婚した頃とはまったく違う。

これから圭吾と一緒に甘美なセックスに溺《おぼ》れるのではなく、自分は彼に身体を買ってもらうのだ。

微塵《みじん》も甘くない現実を自覚して、腹をくくらなくては。

「どうした？　蕩《とろ》けるような目で俺を見ているのは、まだ愛しているからか？　それとも、おまえを抱いた他の男を思い出しているからか？」

それは追及ではなく、彼にとっては言葉遊びの範疇《はんちゅう》になっていることがわかる。

「…さぁ、どうかな？　でも…圭吾だってこんなことして、まるで僕にまだ執着してるみたいだね」

さらりと切り返すと、圭吾は一瞬だけ真顔になってから、ふん…と鼻を鳴らした。

「なぁ悠斗、おまえの身体をこんなじっくり見るのは三年ぶりだな。相変わらず綺麗な白い肌だ」

「あっ…」

彼との新婚生活はわずか二ヶ月で終わったが、圭吾はその頃、毎晩のように悠斗を抱いた。

体力のない悠斗がやんわり拒否すると、『今は蜜月なんだから、夫の相手をしてくれよ』と甘く囁《ささや》かれ、濃密な時間を過ごした。

短い期間だったけれど、悠斗の身体はすっかり彼好みに変えられ、ベッドで淫乱《いんらん》に彼の雄茎を迎え入れることを覚え込まされた。

だから今も、少し触られただけでも慣らされた身体は疼《うず》きだし、彼の愛撫《あいぶ》になびいて蕩けていく。

「手触りも変わらないな…いい具合に俺の掌《てのひら》に吸いついてくる」

「あっ………ぁぁ」

無防備にさらされた脇腹を、大きな掌が指先を巧みにうねらせながら這いあがっていく。

そのまま脇の感じやすい窪《くぼ》みをえぐり、首筋をたどって耳朶《みみたぶ》の肉を指の腹で揉《も》まれた。

「少しも前と変わってない。ふふ、このむっちりした感触がクセになるな…それに」

「ぁふっ………や、ぁああ」

指先がたどったそのあとを、忠実に舌がたどって脇から耳までを執拗《しつよう》に舐めねぶっていく。

「やぁ、ぅん…ふ…ぁ」

「ほら、感じやすいところも昔のままだ。可愛《かわい》いよ」

頬についばむキスをして、今度は顎のラインを前歯で甘噛みしながら移動する。

「ぁ、噛んじゃだめっ…ぅ…ぁ」

「ふふ。悠斗は根っからの詐欺師だからかな？　罪人みたいな首輪がよく似合っている」

くっとリードを引かれると、喉がわずかに締まってむせた。

「ぐっ、ぁくっ……………」

「あぁ悪かった。まだ加減がわからなくてね。実は犬を飼ったことがないんだ。もう少し優しく引くことにするよ。まぁでも、それは悠斗が俺に忠実だったらの話だけどな」

とっさに両手で首輪を摑んでゆるめようとしたが、すぐに「だめだ」といさめられる。

「なぁ悠斗、俺がいない間、誰かを好きになったりしたか？　誰かと寝たか？」

重ねられる質問に悠斗は困惑を深める。

さっきから、どうして圭吾はそんなことを訊くのだろう？

痛めつけるためだけの相手のことを、なぜ今さら知りたいのか。

それとも、やはりただの言葉遊び？

「どうでもいいよ。そんなの、圭吾に関係ないだろ」

「ふん。素直じゃない奴には罰を与えてやる。覚えておけよ。俺に逆らったら、必ず罰せられるってこと」

あらかじめ用意していたのだろう。

圭吾は枕《まくら》の下から軟膏《なんこう》の入ったガラスの小瓶を探り出す。

「正直に言えないなら、おまえが素直になれるように手助けしてやる。見ろ、これは結構値が張ったんだ。漢方を扱ってる知人に譲ってもらった」

「漢方…？　え…なに」

急に不安になった悠斗は、得体の知れない瓶を目で追った。

「なにって、媚薬《びやく》成分の入った軟膏さ。塗るタイプだから即効性があって、どんな淑女も乱れ狂うそうだ」

以前の圭吾は、セックスで焦《じ》らしたり意地悪をすることもあったけれど、変な道具や媚薬の類《たぐい》を使われたことはない。

だからそれを聞いたときの悠斗の嫌悪感は半端ではなかった。

「いやだ。そんなの……絶対にいやだからな！　塗らないで！　圭吾っ」

必死の懇願を無視して、彼は指で桃色の軟膏をすくい取る。

「あぁ悠斗、おまえとのセックスは久しぶりすぎてもう忘れたよ。おまえの一番の性感帯はどこだったかな？　言えよ、どこに塗って欲しい？」

他の誰より、悠斗の肉体を知り尽くしているのは圭吾のはずだ。

「そんなのわかってるくせに。なんでわざわざっ」

桃色のいかがわしい軟膏まみれの指先を睨《にら》みながら、悠斗は文句をつける。

「あぁそうだったな。思い出したよ」

迷いのない指先が、悠斗の胸元にある小さな飾りを濡《ぬ》らした。

「あっ！」

「そうそう、おまえの性感帯は、この可愛い乳首…だったよな」

まだやわらかいままの右乳首に、すり込むように媚薬が塗られる。

最初こそ冷たい感触が広がったが、すぐに乳頭が発熱するような感触がしてくると、悠斗はひどく戸惑う。

ジンジンとむずがゆいような感覚が腰にまで広がって、どうにもたまらなくなってきた。

「やぁ……ぃや。これ…やだぁ」

「嘘をつくなよ。そうか、もちろんこっちにも塗って欲しいよな？」

すぐに左の乳首にも、媚薬の洗礼が与えられる。

「あぁ、ぁ、ぅあぁ！　なに…これ。熱い。だめ、だめぇ……」

取り乱した悠斗があわてて手でこすり取ろうとしたが、即座に手首を掴んで阻止された。

「そんなことをしたら罰にならないだろう？　少しは我慢しろ。すぐに気持ちよくなるんだから」

愉しげな圭吾は、さらに軟膏を乳輪にまですり込ませ、親指と人差し指で挟みながら乳頭に向かって塗り広げていく。

普通に乳首をいじられるだけでも感じすぎて弱いのに、媚薬の効果で快感が恐ろしいほど増していた。

圭吾が親指の腹全体を使って乳首を押しつぶすように揉み込むと、軟膏のせいで乳頭が左右に首を振って指の攻撃から逃げまどう。

その様はひどく卑猥《ひわい》で哀れに見えた。

「やだ、それ…ぁぁ…ん。しないで…お願っ…ぁふ」

白い腕が助けを求めるように伸ばされたが、それは圭吾の肩口を引っ掻いただけで虚《むな》しく敷布の上に落ちる。

「ぁ……ふぅ、やだ！　もうそれ、やめてっ」

媚薬の効果は絶大で、まるで無数の触手が乳頭に絡みついて揉みしだかれるような錯覚を引き起こす。

悠斗は淫靡《いんび》な快感に耐えきれず、敷布の上でビクビク腰を跳ねさせてのた打ちまわった。

「ふぅん。そんなに感じるのか？　すごいな。なら、おまえの萎《な》えたここに塗ったらいったいどうなるか愉しみだな」

悠斗のペニスは、少しだけ兆してはいるものの、まだ頭《こうべ》を垂れたままだった。

「いやだ！　そこには塗らないでっ。お願い！」

乳首だけでも気が狂いそうなのに、媚薬なんかをペニスに塗られたらどうなるのか、考えただけでも怖くなる。

「聞けないな。ほら、ペニスにもたっぷりとやるよ」

圭吾は軟膏をすくった指で、悠斗の雄茎の先端を一撫でした。

「あぁ、ぁふ。ぅぅ………ぅぁぁ、やだ、これ…どうなるの…怖いよ…」

グリグリと愛撫のように塗りたくられ、最初に痺《しび》れるような感覚がペニスから起こった。

そののち、なにか熱いと感じた瞬間、勃《ぼっ》起《き》が始まる。

「ひぐぅぅっ！」

信じられないほど早い。

無数の繊《せん》毛《もう》で亀頭を撫でまくられているような濃い刺激があって、急激に熱くなっていく。

淫猥な血液が一気に集まっていって、完全に勃起した陰茎の鈴口からあふれるように蜜《みつ》が垂れてきた。

「すごいな…」

「ぁぁ、いや、いやいやいやっ………これ、やめてぇ」

「なに言ってる？　これからが本番だろう？」

そのあとすべての毛穴が開いて発汗し、身体のどの部位を触れられてもビンビンに感じてしまうようになった。

「いやだ。こんなっ………僕の身体、なんか、おかしぃ」

「ふふ。全身が性感帯みたいだろ？　これからもっと気持ちいい罰を与えてやる。それがいやなら俺に逆らわないことだ。従順にしていたら優しく抱いてやる」

圭吾は不気味なほど優しく微笑んだあと、まるでトドメを刺すように悠斗の喉に唇を寄せた。

隆起した喉仏を唇全体で包んで吸い、鎖骨の間の窪みに尖《とが》らせた舌を這わせ、そのまま胸の中央をたどっていってヘソの周りを舐める。

乳首を舐めて欲しくて腰が揺れてしまい、そのせいでまた蜜が垂れた。

「ぁあっ………ぁ。ふぁ」

「さぁ、そろそろ素直になれるよな。この三年間、悠斗は男も女も、誰とも寝てないのか？」

まるでゲームを楽しむかのように問われる。

「知らないっ………ぁぁ」

「嘘をつけ。誰とも寝てないんだろう？　おまえのペニスは、今もピンク色でチェリーみたいだぞ」

悠斗は無言で顔を背けた。

「正直に言えないのなら、もっと媚薬を足してやろうか？」

「それはもぉいやだ！　なら言うよ。言えばいいんだろう？　僕は女性とセックスしてない。それに、男にも抱かれてないよ。嘘でもこう言えば圭吾は納得するんだろう？」

「あぁ、そうだな。それでいい。正解だ」

悠斗の言葉の信憑性《しんぴょうせい》を、圭吾は少しも問わなかった。

彼の態度はまるで、真実を本気で知りたいと願ってないようにも見える。

「可愛いよ悠斗。おまえはまだ、男を俺しか知らないんだな？」

今の圭吾は、自分に都合のいい真実だけを見たいように思えた。

「見ろよ悠斗。おまえ、汗びっしょりだぞ？　相変わらずやらしい身体をしてるよな。ちょっと媚薬を塗っただけで、もう指先までピンク色だ。おまえ、感じすぎだろう？」

それは嘘だ。

塗ったのは、ちょっとだけなんかじゃないくせに。

しかも最も感じやすいところにばかり塗られたんだと、悠斗は反論する代わりに相手を睨みつけた。

「怒った顔も可愛いな。それでこそ、いじめ甲斐がある。ほら、今度は足を広げろ。おまえの卑《いや》しい孔《あな》を見せてもらおうか」

「なっ…」

あまりに下劣な言いまわしに顔から火が出そうだったが、圭吾がわざと怒らせようとしているのだとわかって口を閉ざした。

「誰ともセックスしてないなら、さぞかし悠斗は俺が恋しかったろう？　さぁ、足を広げろ」

足首を摑んで立て膝にしたあと、圭吾は悠斗の不安げな瞳を見据えたまま、小さな膝頭をゆったりと舐めた。

「ぁっ…やっ」

そのまま、膝裏から腿《もも》の内側にかけて、勤勉に舌が這いまわる。

「……ぁ。はぁぁっ」

深い快感に悠斗の陰茎がぶるぶる揺れて、快感を逃そうとした足がシーツに深い皺を刻んだ。

腿から足の付け根の皮膚は薄く、血管が透けてひどく敏感にできている。

そこを集中して舐められるのはたまらない。

「ぁ……ぁぁ、はぁ…ぅ」

透けた血管を皮膚の上から味わうように舐められて、か細い喘《あえ》ぎが抑えられなかった。

「あれほど淫乱だったおまえが三年間も禁欲してたなら、さぞかし俺のペニスが恋しかったろうな?」

「なっ……圭吾、最低!」

下品な物言いはやはり彼らしくなくて、すべて自分を傷つけるための罰なのかと勘ぐった。

「最低なのはどっちだ?　悠斗が俺を最低にさせているんだ。おまえが悪い。すべてはおまえのせいだ!　俺をこんなにした責任を取らせてやる。さぁ、俺が恋しかったと言ってみろ。

意地を張っても無駄だ。俺に抱いて欲しいと言わせてやる！」

悠斗が強くまぶたを閉じ合わせると、目尻から涙が転げ落ちていった。

乳首をつまんで弾《はじ》いて嬲《なぶ》り尽くされ、ペニスをぐちゃぐちゃに扱《しご》かれて二度もイかされていた。

それでもまだ、悠斗の乳首もペニスもビンビンに勃起している。

すでに悠斗は正気をなくしていた。

「あぁ、圭吾。僕の…乳首、お願い…だから……噛んで。お願いお願いっ…」

「悪いがそれは無理なんだ。媚薬の効果が消えるまで待ってろ。おあずけだ」

残酷に拒否する男は、わざと乳首に唇を近づけ、強く息だけを吹きかける。

「あぅん……やぁぁ」

まだ一度も口技の洗礼を受けていない乳頭は、わずかな刺激だけで期待にぶるんと震えたが、すぐに唇が離れていって失望させられた。

「やだ。して、してぇ…乳首、噛んで。お願いっ…っ」

「それより、どうだ？　乳首より、そろそろここに…ぶっといのが欲しいだろう？」

嬲り抜かれて焦らされ続けた悠斗は、その問いに、ただガクガクと壊れたようにうなずく。

「なら、欲しいと言わせてやる。おまえの可愛い孔にも、媚薬をたっぷり塗ってからな」

「そんな……あそこに塗るなんて、無理だよ。いやだ。お願い…死んじゃうよぉ」

すでに下肢は自分の蜜液と精液で粘つくほどベトベトだったが、それでも足りない。

「嘘をつけ。おまえの身体はもう、中に突っ込まれないと満足できないんだろう？ 媚薬を塗るのがいやなら、このまま挿《い》れてやろうか？」

「だめぇ！ やだ。そんなことしたら……切れて、しまうからぁ…」

「なら、どうして欲しい？」

「あぁ、あああ……許して。媚薬じゃない、普通のセックスローションを塗って。お願…」

「そうしてやりたいが悠斗。あいにく普通のは手元にないんだ。今はこれしかない。いやなら、このまま突っ込むことになるぞ？」

自然と濡れない構造の男性にとって、潤滑油のない状態で抱かれることが、どれだけつらいことかは想像すれば容易にわかる。

他に選択肢がないなら受け入れるしかないけれど、自分がどうなるのか怖くてたまらない。

「あぁ圭吾。圭吾……わかったよ。それでいい。お願い、中にも塗って」

勝ち誇った男の笑みを見たくなくて、悠斗は顔を背けた。

「いい子だな。それでこそ、可愛い俺の雌犬だ。さぁ、もっと足を大きく広げろ」

すぐに大量の媚薬がのった指が孔の縁をまくりあげ、ゆっくり潜《もぐ》り込んでいく。

まだ固く閉じたままの肉襞《にくひだ》を、丁寧に奥の奥まで濡らそうとそれは奮闘した。

「あぁぁぁぁ……そんな、奥…奥まで、塗ったら…だめぇ」

冷たさを感じたのは一瞬で、すぐに覚えのある甘くむずがゆい熱が広がり始めた。

「なぁ、おまえの中は今どんな具合だ？　あぁ、ほら。やらしくパクパクしているぞ」

悠斗の意識しないところで勝手に後孔《こうこう》の媚肉が収縮し、まるで蠕動《ぜんどう》するかのように淫らに蠢《うごめ》いてしまう様子を圭吾は目でも堪能《たんのう》する。

「中が、ぁぁ…ぅん。やぁ…動い…てる。中が熱い、熱いよ。お願い…だめぇ」

即効性という意味を、その身の内側で徹底的に思い知らされて、もう我慢なんてできない。

「どうだ？　俺のペニスが欲しくなったか？」

さっきと同じように、壊れたみたいにガクガクうなずいたが、

「悪いが、まだだな…」

彼はのらりくらりと挿入をはぐらかし、泣き崩れる悠斗を無視して再び乳首を摘《つま》み、つまびくように指で弾く。

「ひぐっ…ぁぁ、ぅん、ぐぅ…乳首、いやぁ…もぉ……許して」

媚薬の洗礼を受けた乳首は完熟した果実のようで、もがれて喰《く》われるのを今か今かと待ちわびているようだ。

圭吾の指に強弱をつけて乳頭ばかりを揉まれると、もう喘ぎが止まらなくなった。

「いや。あぁ…ぁ、あああ。もう、お願い…お願いっ」

顎を突きあげ、後頭部をピローにこすりつけると、首輪のはまった喉を無防備に相手にさらす形になる。

圭吾は肉食獣の支配を誇示するように、やんわり悠斗の喉を甘噛みし、所有の証を刻んだ。

「ぁぁぁっ…お願い。もう挿れて。もう、僕の中に来て。欲しいっ…欲しっ…」

汗まみれの裸体に首輪だけをハメられ懸命にねだる姿は、圭吾には卑しく可愛く映った。

「いい子だな悠斗。ずいぶん待たせて悪かった」

ようやくファスナーに指をかけると、彼は完全に勃起した剛直を掴み出す。

腹につくほど反り返ったペニスは、悠斗を焦らし続けた言葉とは裏腹に、ずいぶん余裕がないことを露呈していた。

圭吾はそれを見て、自嘲《じちょう》するようにチッと短く舌を打つ。

「悪い。おまえを抱くのは三年ぶりなのに、加減できそうにない」

悠斗の両足を腕ですくって抱えあげた圭吾は、互いの腰の位置を合わせて照準を定める。

このとき、悠斗の表情は期待に満ちているのに、まだ身体は強張《こわば》っていることに気づいた。

それでもなお、がっついてしまいそうだと圭吾は内心で愚痴る。

「お願いっ……早く」

圭吾は腰を折って身をかがめ、煽《あお》るなよ…と囁きながら再び白い喉に歯を立てる。

「思い出させてやるよ。おまえのすべてが、誰のものだったのかを。ゆっくりとな」

後孔にカチカチの亀頭があてがわれると、熱せられた蜜が期待に膨らんだ縁からあふれた。悠斗が無意識に中を締めたせいで、塗り込められた多量の媚薬が溶けたらしい。

「ぁぁっ………お願い。もぅ、早く…早くきて」

焦らすと悠斗の感度が増すことを熟知した男は、その蜜を孔の周囲に塗り広げようと亀頭でこねまわした。

剛直にいつ沈まれるかわからないまま、悠斗は期待と少しの不安にゆらゆらと翻弄《ほんろう》される。

「挿れて、お願い。挿れてよぉ」

やがて悠斗は、泣きながら何度も繰り返しねだっていた。

圭吾はぬるついて安定しない己のペニスの根本を掴むと、今度こそ窪みの中心に鈴口を押しつけた。

「くっ…」

低いうめきを漏らしながら、びっしり血管をまとった凶器を狭い器管の中に刺していく。

予想以上に悠斗の孔は固く閉ざしていて、あまりのきつさに圭吾は歯を食いしばる。

「あ、ぁぁ……圭吾、圭吾。もっと、もっと奥がいぃよ……ぁあ。焦らさないで…」

腰を引いては突き、弛《ゆる》むのを待って抜いて、体重をかけながらまた侵入する。

「待ってろ。時間をかけないと、おまえが無理なんだよ…」

辛抱強い挿入のおかげで、後孔に少しも傷をつけることなく圭吾はすべてを埋めきった。

壮絶な快感に見舞われている悠斗は、勝手にだらしなく歪む唇を隠したくて手の甲を口元に当てる。

「はぁ……ぁぁ。いい、圭吾。すごく…大きいよぉ…」

無意識の素直なセリフにほくそ笑みつつ、圭吾は優しく腰を使い始める。

すると二人の間で揺れている悠斗の小振りなペニスが、また蜜を垂らして泣き始めた。

「悠斗、俺から逃げたおまえを、もう一度、俺の所有物にしてやるよ。まぁ、今度はパートナーじゃなく、雌犬だけどな」

彼はわざと首輪を引いて、己の卑しい立場を悠斗自身に覚え込ませる。

だがその仕草も表情も、なぜかひどく苦しげだった。

「ぁぁん。気持ち…ぃぃ……あふっ」

だが悠斗は久しぶりの交合に完全に酔っていて、彼の言葉にも表情にも関心がないようだ。

「ふふ。媚薬を使って正解だったな。久しぶりなのにおまえの中は、俺に吸いつくように媚《こ》びているんだから」

圭吾は身体を腰から前に折って、悠斗のペニスの先端にわざと己の固い腹筋をこすりつけるように腰を打ち振る。

悠斗の尻と圭吾のペニスの付け根の皮膚が強くぶつかるたび、パチンパチンと高い音があがり、卑猥な粘着音までが混ざった。

媚薬まみれの肉襞を思うさまこねまわされ、悠斗の意識は今にもちぎれそうだった。

「まだ気をやるなよ。ほら…しっかりしろ。まだだ…」

喜悦の彼方《かなた》に飛んでしまいそうになるたび頬を軽く叩かれ、また荒々しい律動にさらされて快感に打ちのめされる。

もっと深く交わるため、圭吾は真上から小さな尻を打ちおろすようにグラインドを大きくした。

「ひぐっ………ぁぁぁ」

淫らに濡れた尻がシーツに沈んで、それは圭吾の思い通り、ベッドのスプリングの反動を受けて浮きあがってくる。

そこを狙《ねら》いすましたように、抉《えぐ》って迎え撃つ。

「あぁぁふっ………や、ぁあ、壊れる。壊れるよぉ」

淫靡な音が部屋中を甘く満たしていく。

「おまえなんか、俺の下で壊れてしまえばいいんだ」

悠斗のペニスに指を絡めると、圭吾は腰の動きに合わせながら、絞るように上下にこすり始めた。

「あぁぁっ。そこ、だめっ……あぁぁ…ひぅ…ぅ」

「どうしてだ?」

「感じ、すぎるからぁ……いやぁぁ」

「嘘をつけ。感じるのは、好きだったはずだろう?」

「だめ、らめぇ……感じすぎるのは、やだっ…ぁ、ぁぁ」

白い喉が苦しげに反らされると、首輪の黒がより目に入ってきて圭吾の嗜虐心《しぎゃくしん》を煽った。

腿の内側の筋肉もピクピクと震えていて、その身に受ける壮絶な快感を伝えている。

「ぁぁ、深いっ深いっ………いあぁぁ。気持ちいいょぉ…圭吾、圭吾っ…あぁぁ」

片手で細い腰を摑み、もう片方で濡れた雄茎を扱き倒す。

「あ、イく。イくぅ……圭吾、け…ご、ぁ…ぅあああぁぁ」

悠斗が大きく喘いだ直後、紅くふくらんだ雄の小さな鈴口から、白い蜜が噴きあがった。

同時に、悠斗の後孔で急激な蠕動が起こって、深くで暴れる凶器を一気に締めつける。

肉襞のすべてにぴったりと包み絞られるような錯覚にめまいを覚えながら、圭吾も限界を迎えた。

「っ…く…悠斗」

亀頭がもっと深く肉襞を突き進んで最奥まで到達した瞬間、それは一気に爆《は》ぜた。

圭吾はそのまま快感を味わうように奥を何度も前後して、その動きに合わせて精液が飛び散る。

空っぽの孔が白濁で満たされたとき、その熱さに喜びを感じながら悠斗は涙した。

圭吾に抱かれたことで、甘い気分に酔いしれていた悠斗だったが、数分後それが妄想であることを思い知る。

「おい、悠斗。起きろ」

まだ起きあがることもできず、裸でベッドに首輪で繋がれたままの悠斗は重いまぶたをあげた。

全裸の自分に対して、すでにきっちりと身なりを整えた男は、真っさらの手帳を投げてよこした。

「まずは百万だ。そこに書いておけよ。借金を返すのに、あとどのくらいかかるだろうな？　まぁ、今後はおまえのがんばり次第で値段をあげてやる」

結局のところ、今の自分の立場は圭吾のペットであって、いわば肉奴隷のような位置づけなのだろう。

寝室を出ていこうとする彼に、それでも、どうしても訊きたいことがあった。

「待って。なぁ、一つだけ訊かせて。圭吾はどうだった？　圭吾はこの三年の間に、新しい恋人はできたのか？」

その質問が、心底意外だと言わんばかりの表情で睨まれる。

「さぁ、どうかな？　いつだって俺は、抱く相手に困ったことはないんだ」

知っている。

ハンサムで紳士な御曹司には、セックスをする相手なんかいくらでもいるはずだ。

今だってそうだろう。

相手に困ることはないはずだ。

でも…。

だったらなぜ、彼は僕を抱くんだろう?

あぁ、そうか。

これは結婚詐欺師の僕に対する罰だったよな…。

「悠斗、お腹《なか》が空《す》いただろう? なにか買ってくるから、おとなしく待ってろよ」

あんな乱暴に抱いてひどい言葉を浴びせたくせに、急に優しくされると弱い。

まるで飴《あめ》と鞭《むち》。

「…お寿司がいい」

憮然《ぶぜん》とした顔で答えた。

「わかった。買ってくる」

ドアがゆっくりと閉まったが、首輪は解かれることはなかった。

【2】

~三年前~

加納悠斗は都内にある多摩野《たまの》美術大学を出たあと、中規模のデザイン会社、河島《かわしま》デザインに勤務している。

仕事に対する姿勢は真面目《まじめ》できっちりだが、スポーツクラブでテニスを楽しんだりという一面も持っている。

友達とのつきあいも多く、気さくで少し天然気質な彼はいつも友人に囲まれていた。

そんな悠斗は、自分の幼少期のことを一切語らないため周囲にあまり知られていないが、案外苦労人だった。

両親が五歳のときに離婚してからは母に引き取られ、レストラン経営者だった父から養育費を受けて母子で暮らしていた。

不運なことに、悠斗が二十歳《はたち》のときに母は病気で他界してしまったが、父からの学費の援助のおかげで無事に美大も卒業し、現在は都内にあるアパートで一人暮らしをしている。

会社の主な業務は雑誌や広告、ポスター、商品パッケージなどのデザインで、クライアントとの打ち合わせから、企画、デザイン、入稿まで全般を行っていた。

就職活動中は大手デザイン会社からの引き合いもあったが、悠斗はあえてここを選んだ。代理店を通さない仕事のやり方なので、企業から依頼されたイラストを描くために、自分が望めば打ち合わせにも参加することができる。

そんなふうにして、自分のスキルを活かせる仕事に就いていることに喜びを感じながら、充実した日々を送っていた。

「悠斗、今日どうする？　七瀬《ななせ》と臼井《うすい》とでカラオケ行くんだけどおまえも来ない？」

社員数が十五名ほどの会社なので、同じデザイン課の社員はとても親交が深い。

残業のない日や土曜の夜は誘い合って、カラオケや居酒屋といった楽しい終業後を過ごしていた。

「あ、いいね。行く行く。ご飯はどうする？」

「そうだな。そろそろ鍋《なべ》でもいいかな？　それか居酒屋コース？」

「なら、六本木《ろっぽんぎ》にいい店があるんだ。この前大学の友達に教えてもらった洋風居酒屋なんだけど、僕が予約しておこうか？」

「お、だったら頼むよ。じゃぁ、終業後にロビーでな」

今、最高に気分がよかった。

実は今日、悠斗が容器のイラストを手がけた女性向け弁当箱の契約がまとまった。

商品化するのは手広く海外進出している中堅文具メーカーで、最近の欧州での「BENTOU」ブームに乗って、今後もシリーズを展開させる予定だという。

容器に描かれたイラストは、花をモチーフにしたシンプルなテキスタイル風で、そこに一匹だけアクセントにミツバチを描いている。

二色刷のスタイリッシュなテキスタイルの花の中に、海外でも定着している形容詞「カワイイ」がぴったりなミツバチを描くことで、一気に華やかでコミカルな絵柄になる。

こういう「カワイイ」キャラクターを描かせると、悠斗は意外なほど力を発揮する。

およそ男性がデザインしたとは思えないデフォルメした可愛らしさと、どこかとぼけたような表情が女性を惹きつけ、これまで悠斗が手がけた商品はどれもヒットしていた。


数日後、そんな悠斗のごくありふれたサラリーマン生活が、ある電話から一変することになる。

「悠斗、外線が入ってる。茂木《もぎ》様」

「あ、はい。すみません」

聞き覚えのない名字に首を傾《かし》げながら、固定電話の受話器をあげた。

「お電話を代わりました。加納です」

『あの…突然の電話で失礼します。私…堂島《どうじま》社長の秘書をしている茂木と申しますが…』

堂島というのは母が離婚した相手、悠斗の父の名字だったが、電話越しの恐縮した話し方で、いやな胸騒ぎがした。

「実は…社長が、亡くなられました」

「え?」

実の父とは母の葬儀で会って以来、疎遠だったが、あまりに急な連絡で、上手く脳が機能しない。

「…あの。父の身に、なにがあったんですか?」

父という言葉を使うのにも慣れなくて、妙な感じがする。

「社長が亡くなった原因なんですが……実は、自殺なんです」

それを聞いたあと、どうやって家に帰ったのかも覚えていなかったが、その翌日、悠斗は会社を休んで父の経営するレストランに向かっていた。

五歳で両親が離婚した際、父親を息子に会わせない取り決めがあったようで、悠斗は母の葬儀の席でようやく父に再会した。

だから実際、父のことをなにも知らない。

養育費のこともあり、レストランを経営している話だけは聞いていたが、店の場所や規模などを母は教えてくれなかった。

だから今日、初めて悠斗は父の経営していたレストランに駆けつけた。

最寄《もよ》り駅からタクシーでワンメーター。

それは国道沿いにある、大型の和牛専門レストランだった。

店の名前を見て、どこかで聞いたことがあるような気もしたが、にわかには思い出せなかった。

「あの…加納悠斗と言います。茂木さんから連絡を受けて来ました」

店は閉店している様子だったが、隣接している事務所のような建物を訪ねると、応接室に通される。

ややあって秘書の茂木があらわれ、簡単な挨拶《あいさつ》と名刺交換をしたあと、すぐに自殺の理由の説明があった。

「数年前からうちの店が懇意にしていた食肉加工会社が、神戸《こうべ》牛と偽って外国産牛肉をレストランに卸《おろ》していたんです」

「それは……産地偽装ということですね？」

「はい。その後、食肉加工会社は警察の捜査を受けて罪に問われたのですが…」

そのあとのことは想像がついた。

「父も…捜査対象に？」

ようやく思い出した。

以前、この店の偽装問題がニュースになっていたこと。

「えぇ。そうなんです」

肉の産地が偽装されている事実を、レストラン経営者である父が知っていたかどうかという点で、さらに捜査が行われたそうだ。

「でも社長の名誉のために断言しておきますが、我々は偽装のことなどまったく知りませんでした。社長は清廉潔白《せいれんけつぱく》な人柄で、不正が大嫌いだったことは従業員は全員知ってます」

茂木の言葉を聞いて少し安心したが…。

「でも結局、店舗や事務所、社長宅にも家宅捜索が入ることになって……もちろん、うちが偽装を知っていたという証拠は一切見つからなかったんです」

「あぁ、よかった。起訴はされなかったんですね？」

「はい。社長は不起訴となったんですが…でも結果的に産地偽装された肉をお客様に出したということで、レストランの評判は急落してしまいました」

「そんな…」

レストランの客にとっては、誰が偽装に関《かか》わっていたかは大きな問題ではなく、店が偽装された肉を出していたことが問題だったようだ。

「そのあと、店の経営は赤字が続きましたが、社長はなんとか離れた客を取り戻そうと店舗を大幅に改装したんです」

「赤字だったんでしょう？　金銭的に…大変だったんじゃ？」

改装工事費用はどうしたんだろうと悠斗は考えた。

「はい…土地と建物を担保に、銀行から五千万の融資を受けました。でも…いったん、足が遠のいた客を取り戻すことはできなくて…」

「……閉店、したんですね？」

「ええ。それだけではなく、偽装発覚から一年半で…我が社は倒産しました」

悠斗は気持ちを落ち着けようと深呼吸を繰り返す。

「それが理由で、父は…？」

「確かに絶望されていましたが、簡単に自殺をするような社長ではなかったはずです…ただ…亡くなる前、社長はなにかに追いつめられているように私には見えました」

「なにかに…追いつめられる？」

「はい。でも、すみません。我々がもう少し様子の変化に気を配っていれば、社長は絶対に自殺なんか…」

悠斗はこれまで父のことをほとんど知らずに生きてきたが、ふと気がついたら泣いていた。

唯一の肉親だったのに、母の葬儀で会ったあとも、まったく連絡を取ってこなかったことが悔やまれる。

今更後悔しても遅いのだが。

「あの、悠斗さん。非常に唐突で申し訳ないのですが、堂島社長のご子息であるあなたに、葬儀の喪主をお願いしたいんです」

「え？　そんな…喪主なんて僕、どうしていいかなにもわからないし。それに…父方の親族はどうなんですか？」

「はい。社長にはご兄弟はいらっしゃいませんし、すでにご両親は他界されています。なにより、社長は時々、悠斗さんのことを我々に話していらっしゃいましたので」

それには少し驚いてしまい、父と疎遠だったことをますます後悔した。

「そうだったんですか。でも…喪主なんて、僕に務まるのかどうか…」

「安心ください。もちろん、すべての手配や対応などは我々で行いますので、当日、喪主の挨拶だけお願いできればと…」

「…はい…そういう事情でしたら、わかりました。お受けします」

「よかった。ありがとうございます。で、社長の死因の公表についてご提案があるのですが…よろしければ…」

悠斗はなにもわからないまま肉親として葬儀の喪主を務めることになったが、茂木の配慮により、父の死因は自殺とは明かさず心労による心筋梗塞《しんきんこうそく》とすることにした。

その後、あわただしく通夜、葬儀が行われて、それも無事に終わった。

翌日、会社の顧問弁護士が事務所を訪れ、秘書の茂木、レストラン経営に携わっていた数人の従業員とともに、今後のことが話し合われた。

内容は主に、改装工事での多額の負債について。

弁護士の提案により、レストランの土地と店舗を売却することで、銀行から受けていた五千万の融資を完済することになった。

そして遺産相続についても話し合われたが、悠斗は土地と店舗を売却することで得られた資金を借金返済にし、残りは従業員への退職金に充《あ》てるため、あえて相続することを選んだ。

生前、父を支えてくれた人たちへの、せめてもの恩返しの気持ちだった。


一週間後、すべてを清算してようやく日常に戻ろうとした悠斗の前に、ある男が現れた。

「よぉ、あんたが死んだ堂島社長の息子、加納悠斗か？」

数日間休んでしまったが、今日から会社に戻ろうと、いつもより早い時間にアパートを出たところで声をかけられた。

相手を見ると、いかにも堅気《かたぎ》でない風貌の三十代半ばくらいの男が、くわえ煙草《たばこ》で立っている。

少し光沢のある開襟の黒シャツに、エンジの色のネクタイ。

ストライプのスーツに、白いウイングチップの革靴。

容姿は整っているが、とにかく目つきの悪さが尋常ではない。

「…はい。加納悠斗は僕ですが…なにかご用でしょうか?」

ずいぶん失礼な口調の男に不審感を抱きながらも、仕方なく肯定する。

「そりゃよかった。息子がいたんなら、うちは損をしなくてすみそうで助かったぜ」

男は火のついたままの煙草を道路に投げ捨てると、揉み消すこともせず、悠斗の目の前に立って顔を近づけた。

息がひどく煙草臭《くさ》い。

「…っ、あの、失礼ですが、あなたは?」

「あぁ俺か? 俺は熊谷《くまがい》ってんだが、あんたのオヤジに貸してた五百万を返してもらいに来たんだ」

この男がなんの話をしているのか、意味がわからない。

父が銀行に借りていた五千万円は、レストランの土地と店舗を売却することで完済したはずだ。

「そんな話は一切聞いてません。嘘をつかないでください」

無視して仕事に向かおうとしたが、腕を摑んでアパートの階段下に引きずり込まれた。

そこで熊谷と名乗った男は胸ポケットから一枚の紙を引っ張り出し、悠斗の目の前でちらつかせる。

「これが借用書だからよく見てみろ。ここに、おまえのオヤジのサインがあるだろう?」

悠斗は紙を手に取って注意深く内容を読む。

ここ数日、弁護士と相続のことでやり取りがあったので、父の筆跡はわかっていた。

だが…困ったことに、それは確かに父の直筆《じきひつ》だったし、捺印《なついん》されている印鑑も実印に間違いない。

「どうだ? おまえのオヤジが書いたものだろう?」

借用書に記載された貸主の名称は、世間的にも悪名高い消費者金融だった。

過去にはサラ金と呼ばれていた時期もあったが、今ではそう呼ばれている。

「確かに父の筆跡みたいですが…どうして父は…こんなことを?」

父はなぜ、見るからに堅気でない連中から、借金をしたのだろうか?

「俺が直接あんたのオヤジに金を渡したんだが、従業員の給料が払えないからだと言ってたぜ」

一般の銀行では、よほどの成長が見込めない場合、担保がしっかりしていなければ企業に融資はしない。

父は傾いたレストランの改装をするために銀行から五千万を借り、従業員に給料を払い続けるため、さらなる融資を違法まがいの消費者金融に求めたらしい。

だがよく見ると、借用書の額面は五百万円ではなかった。

「あの、ここには二百五十万と書いてありますが？」

「なぁ若造、教えてやるよ。借りたのは二百五十万だが、利息ってもんがあるだろうよ。金を借りたら利息が増えんだよ。わかったか？」

「そんな…冗談はやめてください！」

いくらなんでも二百五十万の借金が、わずか一年ちょっとで五百万になるなんてあり得ないことだ。

だが、相手はどう見ても堅気ではない。

道理が通用するはずもなかった。

「さぁ、耳をそろえて五百万。あんたに払ってもらおうか」

「そんな……いきなり五百万だなんて言われても、僕には無理です」

急に用意できるような金額ではない。

「なんだと？　おい、もしおまえが金で払えないってんなら、別の方法もあるんだぜ」

熊谷と名乗った男は悠斗の顎を摑むと、顔をいやらしくのぞき込んでくる。

「おまえ、なかなか綺麗な顔してんじゃねぇか。女なら速攻で売春させんだけどな。でもまぁ、最近は男の指名も増えてるらしいから、いけるかもしれねぇぜ」

「ば…売春?」

身の毛がよだつ気がした。

「そんなの絶対にいやです!」

拒絶したとたん、胸ぐらを摑んで首根っこを締めあげられる。

呼吸が止まってうめき声だけが漏れると、嘘みたいに呆気なく解放されて咳《せ》き込《こ》んだ。

「ならよぉ、金はどうすんだ? あぁ? 踏み倒す気か!」

ドスの利いた口調と、殺されかねないと相手に恐怖を植えつけるための暴力は、おそらく計算され尽くしたものだろう。

悠斗はただただ、この熊谷という男に恐怖を覚えた。

「せ…せめて、ローン…に、してください。だったら…少しずつでも…」

「しょうがねぇな。なら譲歩してやる。返済額は一ヶ月十五万だ。それなら三年ありゃ払えんだろう?」

「わかりました…」

悠斗の今の月給を考えると、一ヶ月十五万の返済はかなり非現実的な数字だった。

給料の大半を支払いに充て、不足分は今ある貯金を切り崩すことになりそうだ。

母が残してくれた保険金と、少しずつ貯金していたわずかばかりの蓄え。

それも、いつまで持つのかわからない。

こんなことなら、相続を放棄した方がよかったとも今さら思ったが、相手が堅気でないだけに、相続放棄など許してもらえるはずがないだろう。

「おい、ほらよ」

話はもう終わったはずなのに、熊谷は悠斗に片手を差し出した。

「あの、なんでしょう?」

「本来ならおまえが金を返しに来るのが筋なのに、俺がここまでご足労してやったんだ。お足代だよ。一万だ」

「そんな…」

「早くしろ。俺は気が短けぇんだ。それに男でも綺麗な顔を殴るのは趣味じゃないんでな。あぁ、その万札におまえの携帯番号を書いておけよ」

これはすでに恐喝だったが、悠斗は言われるまま財布から一万円札を抜き、ペンで携帯番号を書いて渡した。

「じゃぁ、今月分はあさってまで待ってやる。携帯に電話してから取りに来てやるから、ちゃんと用意しとけよ」

一万円札をヒラヒラさせながら背を向ける無情な男を、悠斗は呆然と見送る。

殺されるかもしれないと本気で恐怖したのは、生まれて初めてだった。

こんなこと、信じられない。

ほんのわずかの間に、否応なく自分を取り巻く環境が変化していく。

「……深夜のバイト、探さなくちゃいけないいな」

それでも悠斗は、なんとか前を向いて歩く決心をした。

【3】

父が亡くなって一ヶ月半後。

悠斗は借金の返済に充てるため、週に三回、二十二時から二十五時までのバイトを入れている。

肉体的な疲労が精神面にも影響して少しずつ疲弊していく中、悠斗のアパートに、父あての封書が届いた。

悠斗が相続人となったため、父に送られてくる手紙のすべてが悠斗のもとに転送されるようになっているからだ。

開封してみると、中には一通の招待状が入っている。

それは資産家主催の慈善パーティの案内状で、毎年参加していただきありがとうございますという手書きの手紙も同封されていた。

父が毎年寄付をしていたのは難病小児患者を支援する団体だとわかり、父の人となりを知れたことを悠斗は嬉しく思った。

父が亡くなってまだ間もないときに、目立つような場所に代理で出れば注目を浴びることは想像できたが、悠斗は父のために参加を決めた。

当日、慈善パーティは資産家本人の邸宅において、午後七時から開催された。

そこは都内の一等地にあって、およそ三百坪はある広い敷地に建てられた立派な洋館。警備員が脇を固める門を入り、テラスのある洋館まで、紅いバラのアーチをいくつも通り抜ける。

照明によって、まるで自然光のように照らされた庭にも招待客が集まっていて、ボーイたちがシャンパンやワインを運んでいた。

「すごいな。まるで洋画みたいだ」

招待客は男性も女性も正装だったが、特にご婦人方は華やかなドレスや着物に身を包んでいて、身なりを見るだけで、セレブであることは容易に想像がつく。

「なんか僕だけ、場違いみたいだな」

それに、あたりをざっと見る限り、悠斗と同年齢の若者はほとんど見かけなかった。

広いエントランスで受付をすませると、すぐに主催者である夫妻がにこやかに出迎えてくれ、胸にピンクのガーベラを挿《さ》してくれた。

「ようこそお越しいただきました。お父様には長年、当団体に寄付をしていただいてたんですよ」

父にそんな金銭的な余裕があったなんて今では想像できないが、偽装事件に巻き込まれるまでレストランは繁盛していたようだし、現に悠斗の養育費も一度も滞ったことはなかった。

「そうですか。生前の父のことはあまり知らなかったんですが、こんな一面を知ることができて僕の方こそ感謝しています」

握手を交わして談笑する間、自分に周囲の視線が集まっていることに気づく。

世間では食肉偽装事件はニュースにも取りあげられるほど有名だったため、主催者との会話を聞きつけた参加者たちの好奇の目が悠斗に向けられているようだ。

「お父様のことは残念だったね。ご心労だったとか」

「…はい」

秘書と話し合った結果、父の死因は心筋梗塞だったと葬儀で公表したため、自殺だという事実は知られていない。

悠斗の表情がとたんに曇ると、主人が悠斗の肩に手をかけて励ましてくれた。

「私は長年、君のお父さんと親交があったんだよ。この団体ができた当初から堂島さんは支援してくれた。だからその人柄をよく知っている。彼が偽装などできるはずがないことは、親交の深かった者は皆わかっているよ。どうか気を落とさずに」

父をよく知る人からこんな優しい言葉をかけられると、胸が熱くなる。

「はい。ありがとうございます」

隣から悠斗の両手をしっかり握ると、婦人も穏やかな笑みで励ましてくれた。

「なにか困ったことがあったら、力になるからいつでも電話してくれていいのよ」

目尻の小皺が優しくて、亡くなった母の面影を思い出し、よけいに泣きそうになる。

「はい、はい…」

そして互いに名刺を交換したあと、悠斗はボーイに広間まで案内された。

「どうぞこちらです。立食形式ですので、お好きなものを召しあがってください」

「あ、はい。ありがとうございます」

広間にも大勢の招待客がいて、壁際のテーブルには数々のオードブルが並んでいる。

ここの顔ぶれも多くが五十代以上で、同年齢の若者はボーイくらいのものだった。

「それにしても…今日は視線を感じるなぁ。僕が若いからかな?」

最近の悠斗は、以前より物事を楽天的に考えるようにしている。

熊谷のこともあるし、そうでもしないと時々息が詰まりそうになるからだ。

「お客様、お飲み物をどうぞ」

ハンサムなボーイにシャンパンを勧められたので受け取る。

「あ、美味《おい》しい」

甘い口当たりのシャンパンは喉ごしがよくて、すぐにグラスを空けると、別のボーイが今度は違うカクテルを勧めてくれる。

「こちらも、いかがですか?」

「あ、いただきます」

グラスを置き換えて唇をつけたが、なんだかガッガッしている自分に苦笑してしまう。

「こちらのカクテルにはカナッペが合いますよ。どうぞ、暖炉《だんろ》の前のテーブルへ」

気が利くボーイに案内されたテーブルには、一口サイズのオードブルがたくさん並んでいて目移りしそうだった。

「うわ、迷うかも」

最近は消費者金融への多額な支払いのせいで、エンゲル係数がずいぶん下がりつつある。友達と終業後に飲みに行ったり食事に行ったりする楽しみも減っていたが、食べることは大好きだ。

「さぁ、どうぞ」

親切なボーイは、パエリヤやパスタも小皿に取り分けてくれる。

口にした料理はどれも美味しくて、食べ始めるとお腹が空いていたことを急に自覚してしまい、今から旺盛《おうせい》な食欲を披露することになりそうだと思った。

「ん〜、ぅまい。こんな美味しい料理は久しぶりだな」

周囲の招待客たちは思い思いに談笑しながらアルコールを楽しんでいるが、悠斗は知った顔もないので食事に専念する。

ランチバイキングに行って元を取ろうとする女子のようだと思ったけれど、気にしないことにした。

「で、最後はやっぱりスイーツだよな」

場所を移動し、フルーツやショートケーキが並んだテーブルで、イチゴのムースを選んだ。スプーンに山盛りすくって口にほおばると、実に幸せな気分になる。

「あ〜、これすっごく美味しい」

さらに二つ目をほおばっているとき、少し離れた壁際でカクテルを飲んでいる長身の男性と、ふと目が合った…ように思った。

「え？　でも…これ、錯覚じゃなくて…」

いや、気のせいではなく、完全に視線がかち合ってる。

さっきから噂《うわさ》好きなご婦人たちの視線はいくつも感じていたが、こちらが顔を向けると気まずそうに視線を逸《そ》らした。

だから自分が話題にのぼっていることは察しがついたが、あまり気にしていなかった。

でも…彼は目が合っても、一向に逸らさない。

「あの人……どうしてこっちを見てるんだろう？」

よく見ると悠斗と同年代か、少し上くらいに見える。

このパーティ会場ではずいぶん若手だったが、自分にはない大人の落ち着きを彼に感じた。

「なんだか値段が高そうなスーツを着てるし、あの人もお金持ちなのかな？　でも…」

遠目でも彼はとても人目を引く、整った容貌をしている。

少し目尻の下がった目元のせいか、とてもセクシーに見えた。

「男の僕が言うのも変だけど、すごいイケメンだな」

同性と知りながらもすっかり魅入られていると、手にしていた皿からケーキのイチゴがぽろりと落ちた。

「わ、あ～イチゴ」

真っ白なテーブルクロスを汚してしまったことに驚き、急いで指で摘んで口に放り込む。

もぐもぐしながらもう一度、壁際を見ると、彼はまだこちらを見ている。

しかも…。

「え？　僕、なんか笑われてる？　やだな、恥ずかしい」

もしかして、ここで料理をがっついていた姿も、ずっと見られてたのかな？

恥ずかしさから思わず目を逸らせると、残っているケーキを口に入れ、急いで飲み込んでからもう一度、視線を戻すが…。

そのとき、彼の隣にスレンダーな美人が寄り添ってきて、二人は親密になにか話し始める。

やっぱりハンサムで裕福な男には、美女が集まってくるんだよなぁ。

自分には完全に縁のない話で、悠斗はなんだか意気消沈してため息をついた。

それからしばらくは、華やかなパーティー会場の隅でひっそりとカクテルを楽しんでいたが、ふと背後から声をかけられる。

「ちょっと、あなた」

振り向くと、ひどく厚化粧をしたご婦人が背後に立っている。

「あの、僕ですか？　……なんでしょう？」

彼女とは少し距離があるが、この位置からでもアルコールの匂いがして、婦人がずいぶん酔っているのがわかった。

「あなたのお父様、心労で亡くなったってうかがったけど、本当なの？」

ずいぶんストレートな質問をぶつけられ、普段はなるべく穏便に生きている悠斗も表情が硬化する。

上手く否定する言い方を模索していると沈黙が続いてしまい、まるで肯定しているように見える気がした。

だめだ。なにか上手く返事をしないと。

「どうして黙ってるの？　噂では、偽装がバレたあと店の客足が遠のいてしまい、それを苦にして自殺なさったって聞いたけど、真相はどうなのかしら？」

「あの…それは…」

最初から悪人扱いをしているような、こんな言い方はあんまりだ。

「ごめんなさいね。断っておくけど、好奇心で聞いてるんじゃないのよ。私はそういう偽装をするような卑怯《ひきょう》な人間が許せないの。だから答えなさい。本当はどうだったの？」

どうしよう。

父は偽装なんてしていないのだと、その点はちゃんと訂正しないと。

でも、やっぱり自殺したことを隠しているのは、卑怯なのかな。

本当のことを話した方がいい？

「いつまでも黙ってるってことは本当なのね？　息子のあなたはそれをどう思うの」

どうしよう、どうしよう。

なんだか感情のせいで思考が乱れてしまって、上手い言葉が見つからない。

悔しさだけが込みあげてきて、情けなくも涙さえにじんでくる。

そのときだった。

「やぁ、お待たせ」

酔った婦人に絡まれている悠斗に、突然、救世主が現れた。

肩を叩かれて隣を見あげると、さっきの背の高い男性の姿がそこにある。

「え？　あなたは…」

なにか言おうとするのを、言葉を重ねることで遮られる。

「ごめんごめん。待たせて悪かったね。さぁ、時間がないから急いでここを出よう」

「え？　あのっ…」

彼はまるで待ち合わせをしていたかのような口調で悠斗の肩を抱くと、酔った婦人に失礼

しますと礼儀正しく挨拶をした。

彼とは知り合いらしく、婦人も少し気まずそうに鼻を鳴らすと、他の集団のところに移動していった。

「さぁ、行こう」

「え？　あの、どこへ？」

「どこでもいいだろう？　それとも、まだここにいたい？」

いたいわけがない。

「もう十分食べただろう？」

うわ、やっぱり見られてた。

彼の一言に驚いて一気に赤面すると、本格的に笑われた。

「やっぱり面白いね君、ほら、行こう」

「あ、はい」

どうやら彼は、悠斗が婦人に絡まれるのを見かねて助けてくれたらしい。

二人は主催者夫妻に丁寧に別れの挨拶をすると、屋敷をあとにした。

門の前で彼が誰かに電話をかけていて、しばらくすると、近くの駐車場に駐《と》められていた運転手つきの車が素早く走ってきて目の前に停車した。

彼は後部席のドアを開け、先に乗るよう勧めてくる。

「君のうちまで送るよ」

「あの、大丈夫です。僕は電車で帰ります。助けてくださってありがとうございました」

ピンチから救ってもらった上に家まで送らせるなんて、申しわけなさすぎる。

「もう帰るの？　あ～、できればもう少し俺につきあって欲しいんだけど、だめかな？　早めに出たから、まだ飲みたい気分なんだ。もちろんおごるから、どうかな？」

ねだる表情も声も甘くて、女性ならきっと断れないだろうなと思ったけれど、まさか自分も断れないなんて驚きだった。

悠斗がほとんど反射的に首を縦に振ってしまうと、彼は嬉しそうに笑って、運転手に銀座の店の名を告げた。


悠斗は今、先ほど知り合ったばかりのハンサムな青年と、バーカウンター席に並んで座っていた。

やっぱり、まだ信じられない気分だ。

店は穴場的な裏通りにある洒落た雰囲気のバーで、客層も落ち着いた大人が多い。

「悪かったね。無理やりつき合わせて」

近くで見てもやっぱり彼は端整な顔をしていて、先ほども思ったが、特に目が甘い表情を印象づけている。

「そんなこと、こちらこそ…助けてもらった上に、こんな値段の高そうな店に連れてきてもらって」

思わず本音を口にしてしまうと、また笑われた。

「君は正直でいいよ。パーティ会場でも見てたけど、俺が好きなタイプだ」

ただの軽口にしては視線が真剣で、どうしていいかわからずに苦笑し、とりあえず礼を言ってみた。

「えと、なんか…ありがとうございます」

「で、君はなにを飲む？　マスターの作るものはなんでも美味しいんだ」

「なら、お任せします。お勧めのもので」

悠斗にかしこまりましたと答えたバーテンは、いくつかの酒をシェイカーに注ぐと、まるで踊るような手さばきで振る。

グラスに注がれて目の前に置かれたのは、色の綺麗なカクテルだった。

「さて、今更だけど、俺に自己紹介をさせてくれるかな？」

「あ、はい。僕も」

二人は遅まきながら互いの名刺を交換した。

ハンサムな彼の名前は真成寺圭吾。

有名な倉科ホテルチェーンの本部に勤務しているようで、肩書きは広報部長と印字されている。

この若さで部長なんて、きっとやり手なんだと想像できた。

「へぇ…加納くんは、イラストレーターなんだ?」

「はい。まだ経験は浅いんですが、好きなことを仕事にしてるので楽しくやってます」

「美大とか出たの?」

初対面だったが、結構ぐいぐい訊かれる。

「一応、多摩野美を。あの…真成寺さんは、お若いのにすごい出世頭ですね」

悠斗自身に悪気はないが、普段からあまり適材適所な言葉をチョイスできない損な性分だ。たまに友達から、天然だと言われることもある。

「出世頭? ふふ、あはははは! 本当に君は面白いね。実は俺、オーナーの三男坊なんだ。実力で部長になったわけじゃないんだけどね」

「え? そうなんですか?」

驚いた。

まぁ確かに、この若さで運転手つきジャガーを走らせているなんて、普通じゃない。

どうやら目の前の男性は、正真正銘の御曹司様みたいだった。

「それから、俺のことは圭吾ってファーストネームで呼んでくれていいよ」

「え？　そんなの無理ですって」

「あと、敬語もなし。あ、今の…名前の圭吾にかけてのダジャレじゃないけどね」

彼はそう言ってしまってから、苦笑してウインクをくれた。

「でも…」

「歳《とし》もあまり変わらないだろう？　その代わり、俺も君のことを悠斗って呼ばせてもらうから。いいだろう？」

「え？　あの…はい。もちろんいいですよ」

温厚そうなのに、意外と押しは強い。

「ほら今のそれ、敬語もなしって言ったろ？」

「す…すみません」

二人はそれからいろいろと世間話をして、美味しいカクテルを何杯か楽しんだ。

久しぶりにくつろいだ気分だったが、ふと会話が途切れたとき、さっきの女性の言葉が悠斗の脳裏によみがえった。

確かに父の死因は過労死ではなく自殺だったが、食肉偽装はしていなかったのだと信じている。

急に黙り込んだ悠斗の様子に気づいたのか、圭吾がポンと肩を叩いた。

「実は悠斗のお父さん…堂島社長はね、うちのホテルとも関係が深くて、俺もよく知ってるんだ。あの方は誠実で真面目で、絶対に自ら偽装するような人じゃなかったよ。だから、他人の中傷なんて気にしないでいい」

「それ…本当ですか?」

自分がほとんど知らない父のことを、他人から褒められるのは本当に嬉しい。

「ほらまた。敬語はなしだって」

「すみま……ご、ごめん。つい…」

ふふっと笑う彼の低い声が、鼓膜に甘く響いて妙に馴染《なじ》む。

「うちのホテルはチャペルを併設していて、結婚式や披露宴も行っているんだ。もちろんお抱えシェフもいるけど、ユーザーから要望があれば外部シェフを厨房《ちゆうぼう》に入れることもある。だから堂島社長には何度も来てもらったよ。彼はとても料理にこだわっていたから、みんな堂島社長ではなく、堂島シェフって呼んでたけどね」

「へぇ、そうなんだ。あの、父の料理って…」

秘書の茂木や弁護士から、いい料理人だったと聞かされていたけれど、第三者の評価はどうだったのか気になる。

「さっきも言ったけど、彼は常に誠実だった。もちろん料理人としての腕も本物だったよ」

「……ありがとう」

パーティ会場で自分を助けてくれたことにも感謝しかなかったが、父を信じてくれる人がいることに一番心が動かされた。

「あの…でも実は僕、ホントはちょっと驚いた。今日のパーティって、難病の児童を救うために寄付を集める慈善パーティだったんだろう？　それなのに…」

憶測で他人の中傷をする人がいるなんて、意外だった。

「あ、ごめん…なんでもない」

思わず愚痴ってしまい、あわてて言葉を濁したが、圭吾には悠斗の言いたいことがわかったようだ。

「あぁ、そうだな。ちょっと驚いたろ？　まぁ、金持ち連中の中にも噂やゴシップ好きがいるんだよ」

「でも、子供が好きな人たちなんでしょう？」

「う～ん。まぁ、ここだけの話、確かに良心から寄付をしている人もいるけど、一部は違うんじゃないかな」

「え？　他に…どんな目的が？」

「たとえば、そうだな…自分たちの企業は福祉活動に力を注いでる善良な会社ですって、対外的なアピールにもなるだろう？」

そんな打算的な意図があるなんて、単純明快な思考回路の悠斗にはまったく理解できなかった。

「…あなたもそうなの？　ホテルのイメージアップのために、打算で寄付を？」

尋ねてしまってから、またやってしまったと唇を押さえたが遅かった。

「あ～、まいったな。本当に悠斗はダイレクトだよ。で、俺のことね？　いやぁ、まぁそうだな。俺もその口かもしれないいな」

「そう…」

なぜかわからないけれど悠斗はひどく残念な気持ちになったが、それも仕方ないのかもしれない。

彼はホテルの広報担当なのだから、対外的なイメージを向上させることに尽力してもおかしくはない話だ。

その後、二人は互いの学生時代のことや生い立ちの話をして、遅くまでバーにいた。

初対面の相手に、こんな込み入った話をするのは初めてで、悠斗自身も不思議だった。

圭吾は大人で紳士的で優しくて、その上、なんだか話が合う。

というよりも寛容な彼が、上手に自分に話を合わせてくれているような気がして安心できた。

まさかその後も、彼と頻繁に会うことになるとは思わなかったが…。

悠斗が圭吾に偶然の出会いを果たしたのちも、消費者金融の熊谷は取り決め通り、毎月の返済日になると必ず悠斗のアパートに現れた。

最初に抱いた不安は的中し、毎月十五万の返済額は容赦なく悠斗の生活を圧迫している。就職してから少しずつ貯《た》めていた貯金を毎月切り崩して、なんとか滞ることなく支払いをしていたが、底を着くのは時間の問題だろう。

仕方なく、悠斗は深夜のバイトをもう一日増やした。


圭吾と出会ってからというもの、悠斗は彼に誘われるまま、時間を作っては二人で食事に出かけている。

彼がどんな理由で自分を誘ってくれるのかはわからなかったが、借金の取り立てで精神的にまいっている悠斗にとって、圭吾と会うことは唯一の楽しみになっていた。

何度か食事に出かけて感じたことだが、彼は本当に人間的にも尊敬できる人柄だとわかってきた。

以前、ホテルの対外的アピールだとは言っていたが、彼は本当に多くの慈善事業に携わっている。

悠斗は一度、食事の約束をキャンセルされたことがあったが、理由は森林を広げる活動のボランティアに行っていたそうだ。

帰りの新幹線に乗り遅れたようで、都内に戻ってきてすぐに彼は悠斗を訪ねてくれたが、日焼けをしていて驚いた。

彼は富豪の御曹司という立場なのだから寄付金ですませればいいものを、わざわざ出向いてスコップ片手に植樹してきたという。

どうしてなんだろう？

悠斗には本当に疑問だった。

「おい悠斗、聞いてる？　悠斗？　こら、お腹いっぱいになって眠くなったのか？」

声をかけられてハッとした。

今、悠斗は八王子にある人気フランス料理店に来ていた。

有名シェフが作るコース料理を食べ終わって、一番楽しみにしているデザート待ちだ。

「あ、ごめん圭吾。ちょっと考え事してて」

「ふ～ん。上の空ってことか？　おまえ、いったい誰のこと考えてたんだよ」

なぜか圭吾の目つきがちょっとキツくなっている。

「誰って、圭吾のことだよ。あのさ…いい人だよね圭吾って」

「は？　急になんだよ」

「だって、いつも高いレストランでおごってくれるし。なんだか悪い」

「別に、単に一人で行くのが寂しいから、悠斗につき合ってもらってるだけさ。気にしないでいい」

そんなの嘘だ。

悠斗は疑わしい目を向ける。

だって、圭吾はこんなイケメンでお金持ちなんだから、一緒に食事したい女性なんて腐るほどいるに違いない。

なのに、どうして僕なんだろう？

あ、そうか。

僕は男だから、結婚とか気にしないですむからかな？

う～ん。わからない。

「でもさぁ、いつもこんな高いお店だとさすがに僕も気になるよ。払ってもらってばっかりだし」

「そんなことないって。ほら、ハンバーガーのときは、おごってくれただろ？」

「まぁね」

だってそれは、安いからだし。

高い料理のときは決まって圭吾が払ってくれる。

マックや、スタバのときくらいしか、僕に出させてくれないんだ。

「あ、それにこれ。この前圭吾にもらった腕時計、すごく高そうだし」

先日、自分の誕生日に圭吾からサプライズでプレゼントされた腕時計。

ブランド品に詳しくない悠斗は値段こそわからなかったが、パッケージや保証書の感じから高級品だろうと推察している。

「悠斗に似合うと思ったから買ったんだ。値段なんて気にしないでいい。俺があげたかったんだから」

「でも僕、圭吾の誕生日にこんな高いもの返せないよ」

熊谷と借金のことがまた脳裏をよぎって、ため息とともにうつむいてしまう。

「そんなこと気にしなくていい。俺はただ、悠斗と一緒にいれればそれでいいんだ。本当だからな」

「でも、やっぱり気になるよ」

情けなく目尻を下げて笑うと、圭吾は悠斗の頭をぽんぽんした。

「もういいだろう？　そんなこと考えるなって」

「もしかしてさぁ……なんか裏があるのかな？」

冗談半分で疑わしい目を向けると、圭吾はめずらしく目線を泳がせている。

「あ～いや。裏なんて、まさかそんなこと……あるわけないって」

「嘘だよ嘘うそ、そんなこと思ってないって。でも、こんな高い店はたまにでいいんだ。僕、ラーメンとかも大好きだし」

「わかった。悠斗がそんなに気になるなら、今度はそうしよう。実は俺もラーメンは好きだしね」

「あ～、やっぱり圭吾はいい人だよ。ボランティアも広報活動だって言ってるけど、やっぱりそうじゃないんだろう?」

そう訊くと、彼はまたお決まりのように会社のイメージアップのためだと笑うが、もうそれが嘘だとわかり始めている。

「なぁ。悠斗はさ、なんで俺が広報担当なのかわかるか?」

「う…ん。顔がいいから?」

あ、またやっちゃったかも。

相変わらず失礼な言い方が直らないと気づいて、悠斗はぺろりと舌を出す。

「あはははは。まぁそれもある。俺、顔だけはいいだろ?」

「ふふ」

顔だけじゃなく、背も高いし細マッチョだし声も好きだし優しいし。

あれ?

なんか僕、変だな。

圭吾の好きなところ、いっぱい言えるかも。

「本当のところ、俺は父や兄たちのように経営に向いていないんだよ」

「ふ～ん。そうなのかな？　でも、御曹司って意外と楽じゃないんだね」

「でもまぁ、俺はある意味、自由で気楽にやってる。それに最近、うちにＩＴ部門を作ってホテルのホームページを改良させているんだ。営業とも連携して、宿泊プランや予約システムの構築も行っている。これからは、もっとネットに強い広報活動を目指してる」

悠斗はコンピューターには詳しくないけれど、自分が出張でホテルを探すとき、ついついホームページの写真が充実しているホテルを予約してしまうことを思い出して納得した。

「そういえば…悠斗、実は最近、そのＩＴ部門に、凄腕のメンバーを雇ったんだ」

「凄腕って？」

なにが凄腕なんだろう？

「俺は以前、ボランティアで少年院にも行ったことがあるんだけど、そこで十代の天才クラッカーに出会った」

「クラッカー？」

クラッカーと聞けば、美味しいクラッカーしか思い浮かばなくて苦笑した。

「あぁ。日本では一般的にハッカーって呼ばれてるけどな。彼、剣持《けんもち》っていうんだけど、家庭に問題があって十代でサイバー犯罪を犯したんだ。でも今はちゃんと更生して、うちでしっかり働いてくれてる」

「へぇ、そういう人材の社会復帰も手伝ってるんだ？　それも慈善活動なの？」

「まぁな。それも社会貢献の一つだろう？　それに剣持はプログラミングにおいては正真正銘の天才なんだ。まぁ、うちのホームページや予約システムの構築なんて物足りないだろうけど期待してる」

いくら有能でも、自社で犯罪歴のある人間を積極的に雇うなんて、圭吾はやっぱりいい人だ。

「あのさ。僕が思うに…圭吾って、経営に向いてないから広報にいるんじゃなくて、広報が向いてるから広報にいるんじゃないの？　あれ？　なんか言ってて、わかんなくなってきた。僕ってやっぱり頭弱いのかな？」

へらっと白い歯を見せると、圭吾は急に真面目な顔になって頭を撫でてくる。

「なに？　今度は僕のこと子供扱い？　お馬鹿さんだなって思った？」

「違うよ。そんなんじゃない。ありがとな悠斗。好きだよ」

「え？　へ？　なに、今なんて言ったの？」

「別に」

圭吾は今、僕に「好き」って言った？

馬鹿みたいにそこが気になったが、運ばれてきたベリーのパンケーキを目にすると、悠斗はもう忘れてしまった。

「うわぁ、美味しそう」

さっそくフォークでラズベリーからパクついていたら、次のお誘いが来た。

「なぁ悠斗、今度、ある施設でイースター祭があるんだよ。よかったら一緒に遊びに行かないか？」

「え？　イースターって、あれだっけ？　カラフルな色を塗った玉子を家の中や庭に隠して、それを探すやつ？」

「あはは。まぁ、簡単に言うとそれ。行くだろう？」

「楽しそう！　でも、ちゃんとした教会とかであるんだろう？　僕、キリスト教徒じゃないし、イースターのこともよく知らないから失礼になるかも？」

「大丈夫。教会の催しじゃないよ。まぁ、クリスマスにしても、日本のは欧米のとぜんぜん違うからね。サンタはフィンランドの産物だって言われているし」

「ん、それなら安心した。じゃぁ、行くよ」

イースターの思い出は幼稚園の頃、園庭や教室で玉子探しをした楽しい記憶しかない悠斗だったが、実はキリストの復活を祝う祭だ。

十字架にかけられ亡くなったキリストが、三日後に復活したという奇跡を祝う祭典。

欧米ではキリスト生誕を祝うクリスマスと同じくらい盛大な行事で、例年四月の初旬から中旬くらいに行われる。

「朝、六時に迎えに行くから用意しておいて」

「六時？　朝の？　早いね。まぁいいけど。で、服装はどうするの？」

「着替えるから普通のでいいよ」

「へぇ、着替えるんだ」

仮装とかするのかな？

いろいろ気になったが、基本、楽しい行事は大好きだ。

「ほら悠斗。ゆっくり食べろって。口の横んとこ、生クリームがついてるぞ」

指をさされたところを、お行儀悪く舌でぺろりと舐めた。

「ん〜、甘い」

「ホント、悠斗はスイーツを食べているときが一番幸せそうで、なによりだよ」

生クリームたっぷりのパンケーキをほおばる子供みたいな悠斗を、圭吾は誰よりも幸せそうに眺めている。

「うん。そうだね。でも、圭吾も今すごく幸せそうに見えるよ。どうして？」

ふと湧いた疑問を何気なく口にすると、彼はあからさまに動揺した。

「え？　俺、幸せそうか？」

「うん。だって目尻が下がってタレ目がひどくなってる。普段からタレ目だけど今日はいっそうタレ目だし」

「おまえねぇ、今、何回タレ目って言ったんだよ。まぁ自覚あるけどな」

「知ってる？　圭吾のタレ目はなんかさ…その、セクシーだよね？」

「…？　タレ目って、セクシー、なのか？」

「うん。なんか色気がある感じ？」

「へぇ、そうなのか。セクシーなのは、悠斗にとってはいいことなのか？」

「もちろん。なんか見つめられるとキュンってなる。変だよね、僕。でもそのくらい、圭吾のタレ目はセクシーなんだ」

「ふ～ん。ならまぁいいよタレ目でも。悠斗が好きならタレ目でよかった」

「…どうして？」

「え？　あぁ、いやぁ…その。誰かに好かれるのって無条件にいいことだろ？」

「そうだけどね」

でも、こうやってじっと見つめられるのは、本当に変な感じなんだけど。

あ～なんだろうな。

今僕はすごく幸せだけど、圭吾も幸せだったら嬉しいな。

変なのは僕も一緒みたいだ。

イースターの当日、悠斗は車で千葉の海沿いにある施設に案内された。

駐車場に車を駐め、少し歩いたところにある門の前で二人は立ち止まる。

「あの、ここって?」

「ん? 見えない? 『海の仲良し大家族ホーム』」

「う、ん…そうだね。そう書いてあるけど…横に、老人介護施設って文字があるよ?」

「そう。要するにここは…」

圭吾の説明によると、ここは民営の老人介護施設で、隣には児童福祉施設も併設されている。

老人介護施設というのは、介護を必要とする老人が、家族から離れて生活している施設。そして児童福祉施設は、家庭の事情で親と一緒に暮らせない子供や、親を亡くした子供が暮らしている。

最近はこういった、老人と幼児が一緒に活動できる施設が増えているらしい。

子供は遊び相手をしてもらえるし、老人は子供と接することで活力が増すと言われている。

敷地に入ると年配の園長さんと圭吾は顔馴染みらしく、すぐに施設内の厨房に案内された。

「あなたが、悠斗さんね? 圭吾さんの友達なら大歓迎。いつも彼には本当にお世話になってるのよ。今日はよろしくね」

「あ、はい。こちらこそ」

厨房には、すでに多くの調理スタッフが集まって料理を始めていた。

「あなたたち二人には、これをお願いするわ」

厨房の隅にある大きなテーブルの上に、茹《ゆ》であがった玉子がたくさん置かれている。その隣には、色とりどりのマーカーペンやマジック。

「あぁ、なるほど！」

ようやく合点がいった。

手渡されたエプロンをつけて圭吾を見ると、申し訳なさそうに眉尻を下げる。

「ごめんな悠斗。あの…今日はさ」

「わかった。僕たちはゲストじゃなくって、ホスト側なんだろう？」

「…そういうことなんだ」

「ぜんぜんいいよ。これもさ、ボランティア？」

「まぁ、そうなるのかな？　ここはもともと祖母がお世話になっていた施設で、その頃から俺はいろんな行事を手伝ってきたんだ。祖母が亡くなってからも、まぁ…習慣みたいになってて」

やっぱり圭吾は、正真正銘のお人好《ひとよ》しでいい人だと思う。

「僕、こういうのは大得意なんだ。知ってるだろう？　だって」

ちょっとだけ胸を張ってみせる。

「悠斗は多摩野美出身の、優秀なイラストレーターだからな」

「ふふ、そう！　でも圭吾も、塗るのを手伝ってくれるんだろ？」

「もちろん」

その後、二人は百個ほどもある玉子の着色を、テキパキかつ楽しみながらこなしていく。

悠斗が玉子に描いているのは、可愛いキャラクターであったり幾何学模様であったり。

女の子が喜ぶように花を描き、男の子用には電車や飛行機のイラストも描いた。

「悠斗の絵って、なんかどれも動きがあって表情も面白いよなぁ。それにしても、なにも見ないでよくそんな上手く描けるよ」

「そう？　ありがと。だってプロだしね。ふふ」

もちろん絵を描くことは好きだし、誰かを喜ばせることはもっと好きだった。

だけど数が多いので間に合うかと二人が心配していたとき、ホームのお年寄りが厨房に集まってきて、一緒に絵を描くと申し出てくれる。

悠斗は顔には出さないが、ホッとした。

これなら間に合いそうでよかった。助かった。

「おや、圭ちゃん。久しぶりだねぇ」

「あ、ヨネさん。こんにちは」

お年寄りたちが親しげに圭吾に話しかけるのを見て、悠斗はいささか驚いた。

圭ちゃん…だって？

ふふっ。なんか、可愛い。

「圭ちゃんは仕事が忙しいのに、いつも来てくれてありがとぉ」

杖《つえ》をついたおばあさんと、車いすのおじいさんが親しげに声をかけてくる。

悠斗は隣に座っている圭吾に、そっと耳打ちした。

「圭吾って、ここのみんなから圭ちゃん…って呼ばれてるんだ？」

笑いをこらえていると、見えないところで圭吾にお尻を叩かれた。

有名ホテルの御曹司も、この施設のお年寄りにはきっと孫みたいなものなんだろう。

「あの、彼は前から圭ちゃんって呼ばれてるんですか？」

興味深いのでさらに突っ込むと、変なことを聞くなと言わんばかりの目で睨まれた。

圭吾の反応が、いちいち新鮮で楽しい。

「そうだよぉ、セツさんの孫の圭ちゃん。高校生のときから知ってるのさ」

セツさんっていうのが、きっと圭吾のおばあさんなんだろうと悠斗は思った。

「今日は圭ちゃんのお友達も一緒なんだね」

「それにしてもあんた、すごく絵が上手だねぇ」

「ありがとうございます」

そこから先は、施設の絵画クラブのご老人方も手伝ってくれて、作業は一気にはかどった。

こういうのって、なんだか楽しい。

昔から、文化祭の用意なんかは率先してやる方だった。

「圭吾さん、悠斗さん。イースターエッグが仕上がったら、子供たちが来る前に、遊戯室と庭に隠してきてくれる」

園長に頼まれ、悠斗は玉子を持って庭に、圭吾は遊戯室に向かった。

子供が探すのだから、危ない場所は避けることにする。

でもあまり見つけにくいところだと子供には難しいし、かといって簡単に見つかっても呆気ないので、いろいろ試行錯誤しながら隠すのは楽しかった。

「最後の一つ。う〜ん…どうしよう。これ、すごく上手く描けたんだよな」

悠斗の手の中にある玉子には、王様のキラキラした冠《かんむり》が金色で描かれている。

「一つくらい、僕がもらってもいいよな？　今日の記念に」

そうつぶやくと、悠斗は庭をあとにした。

全部のイースターエッグを隠し終わると、二人は園長に呼ばれた。

「さて悠斗さん、イースター祭といえばイースターラビットだってことは知ってるわね？」

「え…っと、そうでしたっけ？」

確か昨年、ホワイトハウスのイースター祭の様子がニュースで流れていて、ウサギの着ぐるみが子供たちと一緒に遊んでいたのを見た記憶があった。

「あ～そういえば。ウサギでしたよね」

ウサギは草食動物の中で最も子だくさんで、欧米では繁栄の象徴とされているらしい。

「でもごめんなさい。今日は全国的にイースター祭があるみたいで、レンタル店でウサギの着ぐるみは借りれなかったの」

ひどく残念そうにする園長だったけれど、僕は内心ホッとした。

まだ春とはいえ今日は快晴で気温も高いから、直射日光の当たる庭で着ぐるみは暑いだろうから。

そう思った矢先、

「でも安心して。その代わり、不思議の国のアリス用ドレスと、時計ウサギ用の燕尾服《えんびふく》は借りられたの」

「は？」

思わず悠斗は、圭吾と顔を見合わせてから苦笑する。

ウサギでイメージするとしたら、女性の場合は不思議の国のアリスなのだろうか？

そういえば、不思議の国のアリスの冒頭には時計を持って急いでいるウサギが出てきたような記憶がある。

自分だったら、ウサギといえばお月見だなと、よけいなことまで考えた。

「あの。園長さん、でも不思議の国のアリスって、イースターにまったく関係ないんじゃないかと?」

「そうねぇ。そうだけど、いいのいいの。子供とお年寄りが楽しめる行事ってのが大切なんだから、ここではなんでもありなのよ」

にこやかな園長が差し出した衣装は、水色のアリスのドレスと、白ウサギが着る黒の燕尾服。

白ウサギの付属品として、ウサ耳カチューシャと懐中時計つきだ。

でも…。

ってことは、この服のどちらかを、僕と圭吾が着るってわけだよな?

「は〜い悠斗さん。可愛いアリスになってね」

やっぱりか。

意気消沈して隣を見ると、なぜだか圭吾の目がきらきら輝いている。

「あのさぁ…なんで嬉しそうなの?」

「いや別に。きっと可愛いだろうなぁって」

僕が不満げにむすっとすると、それを取りなすように園長が圭吾にウサ耳カチューシャをかぶせた。

「ほら、圭吾さんも可愛いわよ」

うわぁ、ホントだ。

イケメンはウサ耳をつけると可愛いくなるんだとわかった。

園長のお祝いの挨拶でイースター祭が始まった。

話をする園長の隣には、悠斗と圭吾の姿が。

園長が二人のことを、不思議の国のアリスと時計ウサギと紹介すると、サービス精神旺盛な悠斗はスカートの両端を摘んで可憐に会釈をする。

映画などの見よう見まねだったが、結構いい感じにできた。

「アリスのおじょうちゃんは可愛いなぁ。あんた、圭吾の恋人か?」

一番前に座っている杖を持ったご老人に大声で冷やかされると、圭吾はやけに嬉しそうな顔で「秘密です」とノリのいい受け答えをして、会場は笑いに包まれた。

その後、今日の行事進行予定を園長が説明している間、悠斗は圭吾に寄って耳打ちする。

「ちょっと圭吾。なんか僕、ここの園の方たちに、本当に女の子だと思われてない?」

「かもなぁ。悠斗は女の子で、その上俺の彼女だと思われてるよ。まぁ確かに悠斗は女子って言われても遜色《そんしょく》ないビジュアルだし」

「はぁ?　まぁ、女子って誤解されるのは百歩譲ってよしとして、僕が圭吾の彼女っていうのはなぁ…」

「なんだよ悠斗!　おまえ、俺の彼女だと思われるのはいやなのか?」

え？　びっくりした。

なになに？

なんで圭吾が怒ってるんだろう？

「いや、違うって。僕がいやなんじゃないよ。圭吾に悪いって思うだけ」

「どうして俺に悪いんだ？」

「だって、男の僕が圭吾の恋人に間違えられてるんだぞ？　いやだろう？」

「別に男とか女とか関係ないよ。悠斗なら俺は、男だってぜんぜんＯＫだ」

え…っと…なんだよそれ。

圭吾がどこまで本気なのかは不明だったが、やけに真面目に答えられて、悠斗は曖昧《あいまい》に笑ってごまかすしかなかった。

正直、圭吾の瞳がマジだったから、ドキドキしてしまったよ。

やっぱり変だよなぁ、僕は。

「しょうがない…まぁ、とにかく今日、僕はアリス役に徹してみる」

「お、なかなかプロ意識が高いぞ」

「別にプロじゃないけど。まぁ、園のみんなが喜んでくれるならがんばる」

「あぁ。さんきゅ、悠斗」

そのあと、いくつかの催しが滞りなく進行したあと、いよいよ子供たちが楽しみにしていた玉子探しゲーム『イースターエッグハント』が始まった。

園長のかけ声でスタートしたとたん、整列していた子供たちは嬉々《きき》として園庭や教室に散っていく。

まさにクモの子を散らすというやつだ。

子供って元気だよなぁ…と微笑ましく眺めている悠斗だったが、誰かにスカートの裾《すそ》を引かれた。

「あのね…アリスのお姉ちゃん。お願いがあるの…コウタと一緒に玉子を探して？」

見おろすと、小さな男の子が隣に立っていた。

園長がこの園では二歳以上の児童を預かっていると教えてくれたが、おそらくこの子が最年少だと思われる。

「うん、いいよ。一緒に探そう」

「やった。じゃぁコウタと手を繋いでね」

悠斗は小さな子供の手を引いて、一緒に玉子を探すことにした。

コウタががんばっている間も、わかりやすい場所に隠したイースターエッグからどんどん見つかって、そのたびに子供たちから歓声があがる。

「わ～！　この玉子、飛行機が描いてある」

「見せて見せて。僕のはクワガタムシだよ」

「私のは猫！　お髭《ひげ》がリボンの形になってるの！」

子供向けにデフォルメしたキャラクターのイースターエッグは大好評で、あっという間に隠した玉子が見つかっていく。

玉子の数は園に在籍する子供の三倍以上用意し、一人三個までという約束で始まったので、普通に考えれば全員が探し当てることができるはずだったのだが…。

年齢の高い子は簡単にイースターエッグを見つけていく中、コウタは一つも玉子を見つけられないでいる。

「あのさ、こっちの遊具の中を見てごらん？」

庭に隠したのは悠斗自身だから、当然場所も覚えている。

上手くそこに誘導してみても、どの場所もすでに見つけられたあとだったようで…。

「僕の玉子、どこにもないよぉ」

しばらくすると、とうとうコウタが泣きだしてしまった。

うわ、どうしよう…。

悠斗は焦っていたが、それを見た大きい子供たちが寄ってきて、自分が探し当てたイースターエッグをあげると優しく声をかけてくれた。

だがそれに対して、コウタは首を横に振る。

「いらない。自分で見つけたのじゃなきゃ、いやだもん！」

確かにその通りだと悠斗も思ったが。

やがて騒ぎに気づいた圭吾と園長も駆けつけてくれたが、どこにも玉子がないと泣くコウタに為す術《なすすべ》もなくて。

「あ、そうか！」

そのとき悠斗はふと思いついた。

「なぁコウタ」

悠斗はスカートの裾が汚れるのもかまわず庭にしゃがむと、まだ泣きやまないコウタの肩に手を置く。

「あのさぁ。玉子って、普段は園のどこに置いてあるのか知ってる？」

その答えはわかるから、コウタは泣きやんでうなずく。

「知ってるよ」

「なら、その場所にアリスのお姉ちゃんを連れてってくれる？」

「うん」

コウタはそのとたん、悠斗の手を引いて歩きだし、圭吾と園長もそのあとに続く。

小さな足音が景気よく厨房に向かっていき、白くて大きな冷蔵庫の前で音が止まる。

「白ウサギのお兄ちゃん。僕を抱っこして」

お願いされた時計ウサギの圭吾がコウタを抱きあげると、今度は悠斗が意気揚々と白い扉を開けた。

「あ！　見つけた、僕の玉子！」

冷蔵庫の玉子ラックの中に一つだけ、綺麗に色づけされたイースターエッグが隠されている。

今日の記念にと、悠斗が一つだけ別の場所に置いたイースターエッグ。

コウタが大事そうに手に取ると、圭吾はゆっくり床に下ろしてやった。

さっきまで泣いていたのが嘘のように満面の笑みを見せてくれて、悠斗も安心する。

「よかったなコウタ」

園長と圭吾に、自分用に一つだけ取っておいたことを悠斗が密《ひそ》かに打ち明けると、二人は同時にグッジョブサインを出してくれた。

ふふ。よかった。

まぁね、木を隠すなら森ってことだろう？

「ねぇアリスのお姉ちゃん、見て見て。僕の玉子、金色だよ」

「そうだね。その絵は王様がかぶる金の冠なんだ」

「へぇ！　それって、偉い人がかぶるもの？」

「うん。もちろん一番偉い人だよ」

「うわ～！」

すっかり興奮しているコウタだったが、急にスモックのポケットに大事そうに玉子を入れ、アリスの手を握ったまままた庭に走りだす。

「うわ。ちょっと待って…急に、コウタっ」

手を繋いだままの悠斗も一緒に走ったが、どうにも慣れないヒールのせいでとても走りにくい。

しかも最近、食費を削っているせいか体力不足で、今日も何度か立ちくらみがしていたほどだ。

そんなことが相まったのか、庭に出た瞬間、砂にヒールが埋まってしまい、悠斗は足をひねって地面に倒れ込んだ。

「いっ…たぁ」

一瞬、鋭い痛みが足首に走って顔を歪めてしまったが、コウタが振り返ったので急いで笑顔に戻す。

「アリスのお姉ちゃん、大丈夫？」

「あぁ、うん！　大丈夫だよ。だからコウタはみんなに玉子、見せておいで」

正直、泣くほど痛いけれど今は我慢だ。

「うん！　行ってくる」

笑顔で駆けていったコウタのもとに、他の園児たちが集まってきた。

「ねぇ見て見て。僕の見つけた玉子！」

コウタは自慢げに玉子を掌に包んでから、ゆっくりと開いてみせた。

「うわスゲェ！　コウタの玉子、王様の冠だ」

「いいなぁ。金色のイースターエッグ」

集まっている子供たちは、口々に冠の絵の玉子をうらやましがっている。

それを見せる誇らしげなコウタを見ていた悠斗は、ようやく安堵《あんど》した。

「悠斗、大丈夫か？　ほら、もう痛い顔していいぞ。俺に摑まって」

「あ…圭吾？」

必至で痛いのを隠していたのに、なんで圭吾にはわかるんだろう？

急に気がゆるんで、さっきのコウタじゃないけど泣きそうになった。

なぜか圭吾に、困った顔で笑われる。

「ごめん圭吾。肩…貸してくれる？」

「肩？　そんな遠慮するなって。いくぞ」

脇の下と膝裏に手がかかって、かけ声とともに一気に抱きあげられた。

しかも、女子の言うところの『お姫様だっこ』。

うわ〜。

なんか、恥ずかしい。

それに、アリスを抱っこする時計ウサギの図は、絶対に妙だろうなぁ。

「圭吾、僕は歩けるって。下ろしてよ」

不思議の国のアリスの話中に、こんなシーンはないはずだよな？

「さっき捻挫《ねんざ》したんだろ？　医務室で手当てをしてもらうから、おとなしく俺に抱っこされてろ」

何度も下ろしてとわめいていると、有無を言わさないとばかりにギッと睨まれて口を閉ざした。

「あら～、ウサギの圭ちゃんかっこいい」

さっそく園のご婦人方が二人を冷やかす。

「あはは…まぁね。俺って力持ちなんです」

本当にそう思う。

圭吾はなんて軽々と僕を持ちあげるんだろう？

「どうしよう…」

今、アリスの衣装を着ているせいなのかもしれないけれど…。

まるで、タキシードの王子様に抱かれるお姫様の気分になって、ドキドキしてしまう。

圭吾って、やっぱりかっこいいよなぁ。

思わず見とれていると、ばっちり視線が合う。

「なんだよ悠斗。俺に惚れたのか？」

「え？　ち、ち、違うよ！」

否定したけど、心臓の動悸《どうき》が一番正直みたいで…。

でも、圭吾は本当にかっこよくて、男なのに妙な気を起こしてしまいそう。

これって、僕がおかしいんだよな？

「そうそう、今みたいにじっとしてろよ。ちゃんと医務室に連れてってやるからな」

恥ずかしくてたまらなかったけど、確かに足首は痛いし抱かれ心地もいいので、静かに運ばれることにした。

「それにしても悠斗は軽いなぁ。もしかして、最近ちょっと痩《や》せたか？　顔色も悪いし、仕事…忙しくて無理してるんだろう？」

急にそんな鋭い質問が来て驚いてしまうが、顔には出さないよう注意する。

父が残した借金があることなんて、できれば知られたくない。

「そんなことないよ。ちょっと夜中までゲームしすぎただけだって」

「…そうか。ならいいけど。あんまり無理するなよ」

「うん」

そのとき、背後から「アリスのお姉ちゃん」と呼ばれて振り返ると、コウタが心配そうに見あげている。

「お姉ちゃんごめんね。僕が急に走ったからでしょ？」

「違うよ。コウタのせいじゃないからな。気にしなくても大丈夫だよ」

子供に気を遣わせるわけにはいかなくて、悠斗は痛みをこらえてピースサインを示した。

医務室で悠斗は看護士に湿布をしてもらい、夜になって腫《は》れがひどくなったら、病院に行くようにと言われた。

心配した園長も、しばらくしてから様子を見に来てくれた。

「悠斗さん、大丈夫なの？」

「あ、はい。心配かけてすみません。でも軽い捻挫みたいなので平気ですよ」

「ならよかった。本当に今日はありがとう。みんなとても楽しそうにしていて感謝してるわ。ベッドの上に二人が着てきた服を置いておくから、今日はもう圭吾さんに送ってもらって帰ってね」

園長はそう言って、継続中のイースター祭に戻っていった。

「あのさ…圭吾、僕は大丈夫だから、戻っていいよ」

医務室の回転椅子に座りながら、悠斗は足をぶらぶらさせて平気を装う。

動かせば少し痛いけれど、足首さえ曲げなければ歩くのは問題ない。

たいしたことがなくてよかった。

「そうはいかない。今日、イースター祭に連れてきたのは俺なんだし。それに悠斗を連れて帰れって園長に命令されたんだから俺が連れて帰る」

なぜか圭吾は、本気で申し訳なさそうな顔をしている。

「ん〜、ならお願いします」

「了解」

なんか、僕よりも痛そうに見えるんだけど。

「なぁ圭吾、それでもやっぱり残念だよ。イースター祭に最後までいたかった」

「途中で帰ることになって不本意だと思うけど、悠斗は充分、施設のみんなを楽しませてくれたろう?」

「そうだけど…」

せっかくコウタや、絵画クラブのご老人たちと仲良くなったのに。

「またいつでも来ればいいよ。俺は時々来てるからさ」

「うん。また誘って」

「あぁ約束する。さて、着替えたら帰ろう。ほら、立てる?」

立つのは平気だ。

「もちろん」

悠斗が片足を軸にして立ちあがったとき、思わず前のめりにバランスを崩した。

「わっ」

アリスの水色の衣装が、ふわりと舞いあがる。

圭吾の頬を、細い髪が優しくなぞった。

「危ない、悠斗！」

そのまま悠斗は、目の前にある分厚い上腕二頭筋に鼻のてっぺんをぶつけてしまい…。

「いった〜…ごめん、圭吾」

でも、彼が支えてくたから倒れなくてすんだみたいだ。

すぐに両足を着いて体制を立て直そうとしたとき、急に背中に腕がまわってきて、ぎゅっと抱きしめられた。

「え…なに？」

背中が腰から反ってしまうほど強い力だ。

あまりに突然のことで、状況が上手く飲み込めない。

「悠斗…」

優しい腕が背中を甘やかに撫で、アリスの丸襟ワンピースの肩口に端整な顔が故意に埋められる。

「ちょっ…圭吾？」

抱擁《ほうよう》はどんどん強くなり、首筋に熱い吐息がかかってぞくっとした。

「……ごめん悠斗。ごめん。でも、少しだけ…」

彼のコロンが至近距離で香り、大きな掌が腰や背中を愛撫みたいに触ってくる。

圭吾に触られていると思うだけで、なぜかひどく感じてしまった。

「ぁ……だめ。なぁ圭吾、少しだけって、なに？」

「悠斗、悠斗……」

濡れた唇がやわらかく首筋を嚙んだとたん、驚いた身体がビクッと跳ねあがった。

のけぞったままの体勢が苦しくて広い背中を叩くと、一瞬で抱擁はほどけた。

「やだ。圭吾…やめてっ」

「あ………ご、めん」

こんな間近で見つめ合うことなんて初めてだったけど…圭吾はひどくうろたえていた。

至近距離で見てもやっぱり圭吾はハンサムだと胸の鼓動が伝えてきて、情けない気持ちになる。

この状況で、僕はなにを考えてるんだよ！

「ごめん……本当にごめん。なんか、あんまり悠斗が可愛くて…止まらなくなった」

気まずそうに圭吾が言い訳をするので、悠斗はこの妙な空気をなんとかして普通に戻そうとする。

「なんか変なの。でもまぁ、確かにアリス衣装の僕はすっごく可愛いけどね」

冗談に紛れさせることしかできなかった。

「あ〜うん。でも、アリスじゃないときの悠斗も可愛い」

「え？」

「ごめん、また変なこと言って。あっちで着替えてくれる？　それから送るよ…」

「ん。ありがとう」

温もりが離れていくと、それを惜しいと思う自分が不思議だった。

でも、どうして圭吾が何度も「ごめん」と何度も謝ったのか、その理由だけがわからなくて、悠斗はどうしても知りたいと思った。


ゴールデンウィークを過ぎると、青葉が目に鮮やかな季節になる。

あれからも悠斗は圭吾に誘われると食事に行ったり、一緒にボランティアに参加したりすることが増えた。

最も近くで彼の姿を見ていると、その人柄に対して尊敬の気持ちは一段と強くなっていった。

でも時々、悠斗は思い出してしまう。

イースター祭の医務室で、圭吾に抱きしめられて、無意識にときめいてしまった自分のことを。

いくらアリスの衣装だったといっても、同性に抱きしめられてあんなに気持ちが高揚するなんて…。

考えないようにしていても、ふとしたときに思い出しては妙な気になる。

まるで王子様に恋をする少女のようだと自分を嘲笑《ちょうしょう》しようとしても、笑えない。

「どうしたんだろう？　僕は圭吾のこと、どう思ってるのかな？　それに圭吾も…」

きっと今、自分が借金問題でつらい状況にあるから、優しい圭吾に対して変な気になっているだけかもしれない。

「でも、だって……圭吾は？」

彼が自分を抱きしめた理由を何度も考えてみては、頭を振って妙な考えを追い出そうとしていた。


一方、悠斗のアパートには、欠かすことなく毎月、熊谷が集金に訪れる。

すでに貯金は底を着き、バイト代や給料が入れば、すぐにそのまま借金返済に流すといった状況になっていた。

返済日を遅れると、男は悠斗の勤めるデザイン会社にまで繰り返し電話をかけてくる。

心配してくれる同僚にも本当のことが言えなくて、最近は気まずくなっていた。

さらには遅い時間にアパートを訪問し、ベルを鳴らして催促した。

そのたび悠斗は、明日には必ず返しますと頭を下げる。

一度、バイトの給料が入るのが遅れて支払いができなかったときなど、ずっとストーカーのようにつきまとわれた。

悲惨な今の状態に精神的に疲弊していく悠斗は、その中で、ある仮定を立ててみる。

もしも熊谷が今と同様、陰湿な手法で父のことも脅していたのなら、自殺した理由は精神的に追いつめられたからではないだろうか？

どちらにせよ、このままだと自分の生活さえ立ちゆかなくなるのは時間の問題だった。

今まで父に養育費をもらい、なに不自由ない暮らしを送ってきた悠斗にとって、熊谷の存在は相当なストレスで、近頃は携帯が鳴るたびにおびえるようになっていた。


その日、最初から圭吾の様子が変だった。

誘われたのは恵比寿《えびす》にある洒落《しゃれ》た日本料理店で、なんだかやけに圭吾が緊張しているように見える。

それに、ワインでも日本酒でもお酒に詳しい彼はいつも料理に合わせたアルコールをチョイスしてくれるのに、今日はめずらしくノンアルコールのビールを飲んでいた。

「あの、圭吾。どうして今日は飲まないの？」

「……あぁ、そうだな。悠斗…今日このあと、少し時間あるか？」

いつも食事をして、そのあとはバーで一緒に飲むことが定番になっているが。

「え？　うん。大丈夫だよ。でも、どうして今日は訊くの？　このあと、どこかに行く予定だった？」

やんわり行き先を訊いたが、彼はただうなずいただけだった。

それにしても、今日のメニューは本格的な会席料理で、おそらく相当値の張るコースなのだろう。

しかも、

「この店…すごく雰囲気がいいね。それに意外と若い人も多いし」

「和食にフランス料理のテイストを取り入れている店で最近人気なんだ。たまには和食もいいだろう？」

「うん、すごく新鮮。でも、心なしかカップルが多くない？　なんだか僕が告白されるみたいだね。ふふ」

軽いジョークを飛ばしたつもりだったのに、圭吾はなぜかあからさまに動揺した。

それを見て、悠斗はまた失礼なことを言ってしまったと後悔したが、思ったことをすぐ口にしてしまう性格はなかなか直らない。

圭吾はグラスを手にして口に運ぶが、その手がわずかに震えている。

本当に、今夜の彼はいったいどうしたんだろう?

「悠斗…そういう冗談、好きじゃない」

いつもの彼ならすぐに上手い返しがあるはずなのに、少し待ってから聞こえたのはそんな言葉で…。

普段と違う雰囲気に慣れなくて、すぐに別の雑談に話題を切り替えたが、そのあとはなんだか変な空気になってしまって困った。

妙な気持ちのまま食事が終わって、二人は店を出る。

「今日はごちそうさま。あの、このあと」

「車で来てるんだ。おいで」

今夜の圭吾は絶対に変だと思った。

有無を言わさぬ強引さで肩を抱かれ、近くのパーキングに連れていかれてジャガーの助手席を勧められる。

どこに連れていかれるのかは不明だったが、断れる空気ではなかったので、急いでドアからすべり込んだ。

「しばらく高速を走るから」

一度も目を合わさないまま、ジャガーはパーキングを出てすぐ首都高に乗る。

マイカーを持たない悠斗はどこに向かっているのかわからなかったが、三十分ほど走ったあと、車は東京湾が見渡せる夜景の綺麗な海浜公園に停車した。

平日の夜ということもあって、あたりに駐まっている車はない。

それにしても絶景だ。

眼前にレインボーブリッジを見ることができて、その先にはスカイツリーと東京タワーまで同時に望める。

「圭吾、夜景がすごく綺麗だね」

こんな豪華な夜景は初めてで、子供みたいに気持ちが高ぶった。

ふと大きな音がして空を見あげると、ジェット旅客機が間近に見えて驚く。

「うわ、こんな近くに飛行機が見えるなんて…すごい迫力だ」

「そうだろう？　羽田に離着陸する飛行機だ」

「圭吾はこんな場所、よく知ってたね？」

夜景の綺麗なところに、圭吾は大切な女性を連れてくるのだろうか？

そう考えて、悠斗は少し憂鬱《ゆううつ》になる。

「白状するとさ、この夜景ポイントは、行きつけのバーのマスターに教えてもらったんだ」

「へぇ…」

東京湾の海面にビル街のネオンが映っていて、とても幻想的な景色だ。

それに、湾を往来するフェリーやタンカーも、それ自体がイルミネーションの一部になっている。

「実はここ、女性を口説《くど》くときの穴場スポットらしい」

そう教えられて、なんだか急に虚《むな》しい気分になった。

もしかして、これって…そういうこと？

「なんだよ圭吾？　今日って、本番のための予行演習ってやつなんだ？」

いつもは無意識に失礼な発言をしてしまうけれど、今のはわざとだ。

「え？」

「いいよわかってる…今日のドライブって、本命を口説くときに失敗しないようにするための練習ってことだろ？」

意地悪な言い方をしているのも、わかっている。

それに対して、圭吾の顔色がすぐに変わって、なぜか悠斗はホッとした。

「違う！　そんなわけないだろ？　悠斗……俺は…」

そのあとに続く言葉は、妙に歯切れが悪い。

「別に嘘なんてつかなくていいよ。いつもよくしてもらってるんだから、少しくらい協力する。もっと詳しい感想を言えばいい？」

「……悠斗？」

「こんな綺麗な夜景を前にしたら、きっと女性はロマンチックで特別な気分になる。このタイミングでハンサムな御曹司さまに好きだなんて言われたら、みんな即オッケーするよ」

今夜の悠斗は、いつになくよくしゃべった。

「本当に…そう、なのか？」

助手席に顔を向けた圭吾の表情は、これまで見たことがないような心もとなさで、悠斗は息を飲んだ。

「…なにが？」

車の中だからか、いつもより距離が近い気がした。

至近距離で見つめられると、彼のまとう緊張したオーラのせいか、わけもなく怖くなってくる。

「悠斗…ごめん」

しばらく無言で見つめ合っていたが、急に圭吾はうつむいて謝罪する。

「…え。あの？　ごめんって、どうして？」

わけがわからない。

そういえばこの前、イースター祭のときも圭吾に謝られた。

「俺のことを、悠斗はよく優しいって言ってくれるよな」

「うん、圭吾はいつも本当に僕に優しいからだろ？　正直に言ってるだけだよ」

「優しくしたのには、わけがあるんだ」

「……なに？」

「この前、おまえが言った通りだよ。そう、これには『裏』があるんだ。俺は…」

こんな歯切れの悪い圭吾は本当に知らない。

きっと、なにか重大なことを告げられるのだとわかって、悠斗は身構えてしまう。

「俺は…ゲイなんだ」

「……ぇ」

きっと、もっと驚いていいほどの事実を明かされたのだろうが、悠斗は意外にも落ち着いていた。

あぁ。

だから圭吾はイースター祭のとき、僕を抱きしめたあとに『ごめん』って言ったんだ。

それは意外なことではなく、逆に今までの彼の不可解な言動のすべてを、悠斗に納得させるものだった。

それに圭吾がゲイなら、これまで彼の周囲にほとんど女性の影がちらつかなかったのも合点がいく。

でなければ、こんな条件のいい男性を女性が放っておくはずがないと思うから。

の秘密を知らされて、やっぱり引くか？」

ん。まぁ、正直少しは驚いてるけど、圭吾のこと、おかしいなんて少しも思わないよ」

彼ほどの立場の人間が、家族以外の者にこんな秘密を打ち明けるのは、ひどくリスクを伴うし勇気がいることだろう。

「圭吾、安心して。僕は圭吾を理解できるから」

緊張が如実に現れる強ばった頬がつらそうで、悠斗は無意識に指先を伸ばして触れてみた。

「悠斗、悠斗。なら……これは、いやじゃない？」

頬を撫でた指先ごと、大きな圭吾の掌に包み込まれて引き寄せられる。

悠斗が小さく『あっ』と発した声は、重なった唇に飲み込まれた。

それはほんの一瞬の接触だけで、すぐに離れていく。

え？

今のは………キス？

圭吾は僕に、キスをした？

硬直したまま、悠斗はぐるぐると思考を巡らせる。

「どうだった？　今のは、いやだったか？」

「あ…ううん。いやじゃ…なかった。でも、どうして僕にこんな…」

「ごめん。逆だったね」

「な…にが?」

圭吾は少しだけ迷ったように視線を泳がせたが、そのあと真っすぐに悠斗を見つめた。

「悠斗…俺は悠斗が好きだ。もちろん、恋愛対象として」

少し驚いたけれど、彼のこれまでの行動を考えるとやっぱり納得できる。

「…圭吾、僕は…」

自分でもなにを言おうとしたのかわからなかったけれど、今度は後頭部を摑まれて、もう一度口づけられる。

その行動は、まるで悠斗の言葉を聞くのが怖いみたいに思えた。

「うんっ」

急に発言を奪われてしまい、自分がなにを言いたかったのか、本当の望みや意見がわからなくなる。

呆然としていると、運転席から乗り出してきた重い身体にのしかかられ、圧迫された胸が苦しくなった。

最近の車はサイドブレーキが足下にあって、運転席と助手席の間に障害物がなにもないため、予想以上に二人の身体は密着する。

またキスが落ちてきて、ふっくらとした下唇の肉を挟むように食《は》まれる。

ぞくっと背筋が震えるのに気づいた彼が、なだめようと耳たぶを撫でてきたが、それにさえ感じて肌がさざめく。

「だめっ……こんなの」

無意識に拒絶の言葉を発したとたん、唇の隙間から舌が差し込まれて舌を舐められた。

「んっ…んん」

驚いて奥に引っ込めると、追いかけてくる舌の勢いのまま唇が押しつけられ、口交はぐっと深くなった。

どうしよう。

圭吾が…圭吾じゃないみたい。

怖くて口を閉じたいのに、今度は上顎の裏の隆起を確かめるみたいに丁寧に舐められる。

「ふぁっ」

信じられないほどゾクゾク背筋が跳ねてしまい、鼻腔《びこう》からは甘い声が熱を伴って漏れてしまった。

「悠斗の声、可愛い…もっと、隅々まで舐めさせて」

「そんな…っ」

ちょっと待って。

僕が抵抗しないからって、圭吾がどんどんエスカレートしていくよ。

だめなのに…どうしよう。

キスされるの、いやじゃないんだ。

彼の言葉通り、舌の届く範囲のすべてを音を立てて舐めまわされ、身体がまるで芯《しん》から発熱するみたいにジワジワ熱くなっていく。

「ぁっ……ふぅ、圭吾っ…やだ。こんなの…怖い」

最初は逃げまどっていた悠斗の舌も、逃れる場所がないまま貪《むさぼ》られているうち、次第に従順な反応を見せ始めた。

それは圭吾の心情に追い風になる。

「馬鹿だな悠斗は。キスしてるの、俺だろ？　怖いわけないじゃないか。ほら、手はこっち。俺に摑まって」

シートの座面の端を両手で強く握っている手の甲にそっと触れられ、自分の背中にまわすよう導かれる。

「手は俺の肩。ほらここだよ…いいね」

「うん…」

知らなかった。

本気のキスが、こんなに甘いなんて。

甘いだけじゃなくて、息が苦しくなるほど切ない。

これはもしかして、圭吾の想いがキスに込められているから？

「悠斗、俺を感じて」

互いの舌先を絡めるように交わらせ、高ぶる感情と興奮が二人の吐息も熱くする。

唾液《だえき》を混ぜるように口内のすべてを執拗《しつよう》にしゃぶり尽くされたあと、ようやく結び目がほどけた。

「はぁ……は、っ…はぁ…」

恥ずかしいほど息があがっていて、それでも間近で見つめ合ったまま、どちらも視線を外せない。

あ、圭吾の目が潤んでる。

なんか、綺麗だな…。

そう思ったとたん。

「知ってるか？　悠斗の瞳…濡れてるよ」

彼から指摘され、自分も同じなんだと思うと少しだけ恥ずかしくて嬉しくなった。

圭吾のくれたキスは思いの外激しくて驚いたけれど、それ以上に自分もキスに応《こた》えてしまったことの方が意外だった。

なんだか今の圭吾は、普段の冷静な彼らしくなく興奮してるみたいで…。

すごく新鮮だった。

不思議なくらい、彼が愛《いと》おしいと思えて自分でも驚く。

「ごめんな。さっき…悠斗はなにか言いかけただろう？　俺は故意に遮ってしまった…」

「そう！　そうだよ。僕はっ」

あれ？　えっと。

でも…僕はさっき、いったい彼になにを言いたかったんだっけ？

キスなんかされたら困るって言おうとしたのか、好きだなんて言われたら困るって伝えたかったのか…。

わからなくなったじゃないか！

「なぁ悠斗。今はどう？　俺がゲイであることを許せたとしても、自分がこんなことされたら、俺を嫌いになっただろう？」

え？　まさか。

圭吾のこと、そんな簡単に嫌いになれるわけがないよ！

そんなふうに即答してしまえるほど、彼が大切な存在になっていることに気づくが…。

「ちょっと待って。少し待って…」

確かに彼の告白は衝撃的だったけど、意外な気はしなかった。

かといって、彼の性癖を理解できても、自分がその対象なるなら多少の抵抗はある。

だって…自分は今まで完全なノーマルで、男性相手に恋心を抱いたことなんてなかったからだ。

でも相手を圭吾に限れば嫌悪感はまったくないけど、実際自分が彼と恋愛できるのかは想像もできない。

いやじゃないけど、受け入れる自信がないというのが正直な気持ちだ。

確かに圭吾に抱きしめられたり見つめられたりして女子みたいにときめいたが、それが自分も圭吾を好きだということになるのか、まだわからない。

「ごめんなさい。キスはいやじゃなかったよ。だから、圭吾を嫌いになったりはしないと思う」

「そうか。よかった………なら、もう少しだけ…俺との恋愛ごっこを試してくれないか？」

「え？」

圭吾と恋愛する？

どうしよう。

僕は圭吾と恋愛したいんだろうか？

友達じゃだめ？

あまりに急すぎて、まだ自分がわからない。

「あの、ごめん圭吾。恋愛ごっこっていうのはその、今までと同じで感じでいいなら…。それと、返事は待って。もう少し……考えさせて欲しい」

だから正直に、時間が欲しいと伝える。

「ごめん。もちろんいいよ。俺は少し性急だったね。でも、悠斗に拒絶されなかっただけでも十分だから」

そんな哀しいことを、笑顔で言わないで欲しい。

圭吾はこんなにイケメンで優しくて、きっとどんな美女もよりどりみどりなのに、僕がいいって言ってくれる。

もったいなさすぎるよ。

でも、どうして僕なんだろう?

「あの…圭吾はさ、今まで、誰か他の男の人に告白したことってあるの?」

「いや。告白したことはないよ。でも、俺がゲイだってことを家族は知ってるし、一部の友達にも話してる」

「そうなんだ」

なら、少し安心した。

ずっと、一人で苦しんできたわけじゃないならよかった。

「でも、正直これまでは思ってた。俺はたぶん、一生誰にも告白しないし、独身で生きていくものだって」

「…うん」

「でもな、俺は悠斗に出会って一緒に過ごすうち、だんだんその気持ちが変わっていったんだ。悠斗と、ずっと一緒にいたいと心から願うようになった」

「あの、圭吾はさ……僕の、どこが好き？」

教えて欲しい。

だって、自分に自信なんてあまりないから。

「悠斗は、いつも明るくてポジティブだろう？　それにどんな状況でも楽しむ気質を持ってる。ボランティアにしたって大変なこともあったのに、本当に楽しんでくれているよな？」

まぁ、確かに体力的にきついボランティアもあったけど、人の役に立てるのが嬉しかった。ありがとうって言ってもらえるだけで、しんどいのが吹き飛んだ。

「イースター祭のときの悠斗は、自然体で施設の老人や子供に接してくれていた。あそこの人たちは亡くなった祖母の大事な友人だから、俺は本当に嬉しかったんだ。あのとき思った。悠斗となら、ずっと幸せに生きていけるだろうなって」

ずっとって、どういう意味だろう？

「あの…僕はさ、あのときの圭吾が、そんなことを思ってたなんて知らなかった」

「ごめん。なんか告白したばかりなのに、将来のことまで考えてるなんて気持ち悪いよな？」

圭吾はさっきから何度もそう訊くけど、本当に気持ち悪いとは少しも思えないんだ。だから自分でも戸惑ってる。

「悠斗は俺のこと、普通に友人だと思ってくれてたよな。だとしたら俺は、悠斗の気持ちを裏切ってしまった。でもどうか許して欲しい。本当に悠斗が好きなんだ。悠斗に傍にいて欲しいと心から願う。こんなことを誰かに思うなんて自分でも信じられないくらい、君が好きだ。俺とのこと、少しずつでも考えてくれないか?」

今わかっているのは、圭吾とのキスはいやじゃなかったってこと。

でも恋人として、ずっと傍にいたいかどうかは考えたことがないのでわからない。

「あの、圭吾。もしも僕が、圭吾のことを恋愛の対象には見れないって言ったら、僕たちはどうなるの?」

なぜかわからないけど、そこが気になる。

「何度も考えたんだ。でも、たぶん俺は、悠斗に拒絶されたら今さら友達には戻れない。きっと一緒にいたら、またキスをしてしまうし、それ以上も…悠斗がいやがっても……抱いてしまうかもしらないから。だから…」

「…抱く?」

いくら僕でも、男同士でもセックスはできることくらい知っている。

「あぁ。無理やりにでも抱いてしまいそうだ。ごめん…俺はそんなふうに、悠斗を好きなんだ。欲しいと思ってる」

真摯《しんし》なだけではない、熱を帯びた視線に息が止まる。

「圭吾…」

「ごめん。なんか俺、怖いよな。ごめん……」

正直、そこまで現実的なところまで考えが追いつかない。

キスはいやじゃなくても、恋愛やセックスまでできるのだろうか？

今の悠斗にとって、そんな先まで思考を飛躍するなんてできなかった。

「あの、要するに………僕が圭吾の想いを断ったら、この関係は終わりってこと？」

圭吾は困った顔でうなずいた。

「うん……わかったよ。時間、かかってもいい？」

ちゃんと考えるから。圭吾のことを、自分がどんなふうに好きなのか。

だから、もっと時間が欲しい。

「もちろんだよ。ありがとう悠斗。時間がかかってもいいから待ってる…おまえの返事」

悠斗にとってすでに圭吾は大事な人で、簡単に縁を切れる間ではなくなっている。

もう少しだけ友達の距離で過ごしながら、自分の本心を見つめ直していこうと決めた。

悠斗には今も変わらず、一ヶ月に十五万の借金返済がある。

給与の大半を支払いに充て、それでも足りずに切り崩してきた貯金も、すでに底を着いてしまっている。

給料やバイト代も、入ってはすぐ返済するため、家賃と生活費を除けばほとんど手元に残らない。

どうにもならずに会社から異例の前借りをしたり、友達に少し用立ててもらったりして、なんとか返済金を工面しているが……。

やりくりももう限界で、これ以上、自力で現金を用立てることは不可能だった。

そして今日は徴収日。

悠斗が深夜バイトを終えて帰宅した直後に、熊谷がアパートに取り立てにやってきた。

ドアベルが鳴ると相手が誰であれ、最近は無意識に全身が強ばってしまう。

扉のドアスコープから熊谷の姿を確認すると、悠斗はとりあえず部屋に通して頭を下げた。

「すみません。今月は、十万円しか用意できませんでした」

もう、万策尽きた。

前にも後ろにも進めなくて、限界だった。

「はぁ？　そりゃどういうことだ？　人様に金を借りて、それを返せないって言いやがるのかよ？　おまぇな、借りたもんは返すのが世の中の道理ってもんだろうが」

「わかってます。でも……毎月十五万の返済なんてもう無理なんです。切り崩す貯金も尽きてしまって、これ以上会社や友達にも借金できません。だから…せめて一ヶ月の返済額を十万にしてください」

必至に懇願したが、熊谷はくわえていた煙草の煙を、悠斗の顔に吹きかける。

「聞けねぇな。悪ぃが、どっか他の金融会社で金を借りてでも、うちには今日、返してもらうぜ」

熊谷は一歩も引く様子がなくて、悠斗は前にテレビで見た、借金地獄に陥ったサラリーマンの転落を思い出した。

返済金が返せなくて、彼は別の消費者金融から借金して支払い、またそこで利息が増える。一度、負の連鎖に陥ってしまえば二度と抜けられない、それはまさに地獄。

相手がまっとうな金融会社でないため、破産宣告などは決して許されずに死ぬまで寄生される。

「お、おまえ。よく見りゃ、このフランクミュラーの腕時計、どうしたんだよ？」

ふと、熊谷が手首を摑んで訊いてくる。

「え？　腕、時計…？」

これは前に、誕生日のプレゼントで圭吾からもらったものだ。

「なんだよ隠すなって。おまえ、いいパトロンでも見つけたんじゃねぇのか？」

オメガやロレックスなら知っているけれど、あまりブランドに詳しくない悠斗には、どのくらい高価なものかはわからなかった。

「まぁいい。面倒くせぇけど、おまえが金を作るのに協力してやるよ。免許証を持ってちょっと来い」

「あの、なんですか？」

「いいから、早く来い」

腕を引っ張って部屋から連れ出され、駅ビルの中にある質屋の前でようやく解放される。

「ほら行けよ。待っててやる」

ここまで来て、ようやく悠斗にも熊谷の意図がわかった。

「まさか……」

「あぁ、そのまさかだ。てめぇの高級腕時計を今すぐ質に入れてこい。早くしろよ」

「そんな、だってこの時計は大事なものなんです。売るなんていやです！」

これは圭吾にもらった大事なものだから、絶対に手放せない。

「ふ～ん、そうか。なら別にいいんだぜ。すぐにでもおまえを新人の男娼《だんしょう》として、風俗で働かせてやるよ」

「そんなっ。これはもう脅しです！　こんなの許されるわけがない。今すぐ警察に話しますから！」

これまでは父の負債だからと、なんとか穏便にすませてきたが、こんなことはもう耐えられなかった。

「別にいいんだぜ？　てめぇが今すぐ警察に駆け込んでも。そうなりゃ、おまえのオヤジがサラ金業者から借金してたことも世間に知れるだろうな」

確かに熊谷の言う通りかもしれない。

そのとき、掴まれた腕に恐ろしい力が加わって、痛みで涙がにじむ。

「っ…放して！　痛いっ」

抵抗しようにも大柄で屈強な男に敵《かな》うわけもなく、結局は熊谷の言いなりにならざるを得ない自分が悔しくてたまらなかった。

それに、返済を断れば本当に男相手に売春させられるかもしれない。

「どうする？　今すぐ店に行って客相手に足を開くか？　おまえなら美人だし、きっといい客がつくぜ」

「そんな…の。死んでもいやです！」

男に身体を売るくらいなら、死んだ方がましだ。

「おらっ、いいからとっとと行ってこい」

他の方法が見いだせないまま、悠斗は鈍い足取りで質屋に入っていった。

信じられないことに、圭吾のくれた腕時計は数十万にもなって、熊谷はそこからきっちり十五万円を徴収する。

金を手にした熊谷は上機嫌だ。

「おまえ、こんないいパトロンがいるんなら、その女に借金を全額払ってもらえばいい。そうすれば楽になれるぜ？」

冗談じゃない。圭吾は女性でもないし…。

「パトロンなんかじゃありませんから！」

彼との関係は、もっとずっと純粋で綺麗なものだ。

だからそんな言い方をされるのが我慢ならない。

「別に俺ぁどっちでもいいが、来月、また俺の手をわずらわせやがったら、有無を言わせず娼館送りにしてやるから覚悟しておけよ」

そんな捨てゼリフを残し、熊谷は消えていった。

「あぁ…よかった」

男の姿が見えなくなると、悠斗は緊張の糸が切れたようにその場にしゃがみ込んだ。

圭吾には申し訳ないけど、これで今月は生活費や食費も助かったし友達にも借金を返せる。

確かに熊谷の言うように、すべてを圭吾に打ち明ければ助けてくれるかもしれない。

でも、そんな情けないことはできないと思う気持ちと、二つの感情が自分の中でせめぎ合っていた。

数日後、圭吾に会ったとき、どうして腕時計をつけてないのと訊かれた。

それに対して悠斗は、大事にしたいから家にしまってあるんだと嘘をついてしまった。

すでにことの善悪がつかないほど、悠斗は精神的に疲弊していて…。

その頃になると、毎日毎晩、仕事をしていても食事をしていても、圭吾と会っているときでさえ、ずっと借金のことが頭を悩ませるようになっていた。

好きだと告白されたことへの返事も、考える時間が欲しいからと保留したままだったが、負債のことばかりが脳裏を締めていて、圭吾との関係を見つめ直す余裕すらない。

食事も喉を通らなくて体重は減る一方で、圭吾にもひどく心配された。

そして…。

悠斗は極限まで追いつめられた中で、ふと哀しい仮定を想像してしまう。

それは、相手を欺《あざむ》くかもしれない卑《いや》しいもので、そのうえ犯罪行為でもある。

「こんなの間違ってる。わかっているけど」

先月、圭吾に告白されてから、悠斗はすでに一ヶ月以上もの間、返事を保留している。

でも、もし自分が彼の想いに応えられると言えば、圭吾は強大な財力で借金を完済してくれるかもしれない。

今の苦しい立場をすべて話せば、きっと優しい圭吾は自分を助けてくれるだろう。

彼の想いを受け入れると、たったそれだけを告げればいい。

そうすればこの恐ろしい取り立ての地獄から、きっと解放される。

「でも、やっぱりそんなのだめだ……だめだってわかってるけど。なぁ圭吾、僕はもう…限界なんだよ。だから、お願い。助けて…」

【4】


今日、チャップリンの無声映画のリバイバル上映があるということで、二人は麻布《あざぶ》の古い映画館に向かっている。

来る途中、道が封鎖されていて遠回りを余儀なくされた。

なんでも、通りに面したスナックで発砲事件があったようで、警察や鑑識が大勢で現場検証をしていた。

昨夜《ゆうべ》、客の男性が射殺され、女性店員が行方《ゆくえ》不明になっているらしい。

二人して迂回路《うかいろ》を通ったために上映時間ギリギリになったが、なんとか上映に間に合ってよかった。

実は今日、悠斗は圭吾に会うことを少しためらっていた。

圭吾から好きだと告白されてから、その返事を保留にして一ヶ月以上が経《た》っている。

その間、偶然にも二人とも仕事で多忙だったため、一度も会うことができなかった。

だから映画の誘いを受けたとき、悠斗はまだ心が決まっていなくて、ここに来るのを迷ってしまった。

自分の本心を計りかねたまま、圭吾に会うのがためらわれたからだ。

でも、そんな状態でも唯一、強い気持ちがある。

それは圭吾に会いたくてたまらない、という心の声だった。

頭で考えるのではなく、心が彼に会いたいと願ってやまない。

だから悠斗は、その感情に従うことにした。

平日の夜ということもあって、映画館は空いている。

いわゆる映写機によってスクリーンに映し出されるフィルム上映で、百人ほど入る館内に観客はまばらだ。

二人は最後尾席の真ん中に並んで座り、銀幕を眺めている。

圭吾が古い映画を好きだとは聞いていたが、悠斗は無声映画を観《み》るのが初めてで、とても新鮮だった。

作品は政治的な風刺の利いた喜劇だったが、チャップリンの一つ一つの動作や表情は秀逸で、音がなくても主人公の感情が手に取るようにわかる。

久しぶりに熊谷や借金のことを忘れるほど楽しくて、声をあげて笑いながら鑑賞していると、ふと圭吾と目が合った。

「なぁ悠斗、この映画、面白いか？　退屈じゃない？」

圭吾はよく、いろんなところに悠斗を連れていってくれるけれど、そのたびに悠斗に楽しいかと確認する。

「ぜんぜん、とっても楽しいよ」

不思議だった。

「…本当に？」

「うん。この映画、すごくいい。チャップリンって役者のことは名前しか知らなかったけど、僕も好きになりそう。あ、でも僕はミスター・ビーンも好きだけどね」

そう伝えると、圭吾は目尻をもっと下げて同意する。

「ビーンもいいよな。俺も好きだよ」

悠斗は常に感じる。

圭吾が自分を、いつもとても気にかけてくれていること。

寒くないか？

お腹が空いていないか？

楽しめてるか？

優しくされることにすっかり慣れてしまった今の自分に、困ってしまう。

「どうした悠斗？　俺の顔ばっかりそんな見て」

ふと隣から伸びてきた手が、悠斗の手の甲に遠慮気味に重なった。

「え？」

少し驚いたけど、ぜんぜんいやじゃなかった。

むしろ嬉しくて、大きくて温かい圭吾の手を、今度はこちらからもぎゅっと握り返す。

「……悠斗？」

自分から先に手を握ってきたのに、圭吾はなぜかとても驚いている。

夜景の綺麗な沿岸で告白された夜から、ゆっくり自分の気持ちを考える暇がなかったけれど、ようやく答えがわかった。

今、悠斗の身体の奥から、純粋で素直な感情が自然と湧きあがってくる。

あぁそうか。

僕は、圭吾のことが好きなんだ。

もちろん、圭吾と同じ意味で…。

己の醜い邪心に惑わされて本心から目を背けていたけど、ようやくわかった。

よかった。

待たせてしまったけれど、自分も同じように好きだと圭吾に伝えることができる。

だが同時に、苦しい現状を包み隠さず打ち明けなければならないとも思った。

すべてを知っても圭吾がいいと言ってくれるなら、二人は次の段階へ進めるだろう。

そして悠斗は、自分は圭吾を恋愛の対象として見ているのだと、胸の中で何度も唱えた。

まるで、自分の心に暗示をかけるかのように…。

「悠斗？　どうしたんだ？」

決してこれは、借金のために下した結論ではないんだと。

「え？　あぁ…ごめん。少し考え事をしてて…」

繋いだままの圭吾の手が、とても熱かった。

「なぁ悠斗、どうかな。そろそろあのときの返事、聞かせてくれないか？　このままだと俺もつらいんだ。聞かせて欲しい…悠斗の答えを」

正直、自分の想いに百パーセントの自信があるわけではない。

圭吾のお金を目当てにしている自分を擁護するために、彼を好きだという大義名分を作りあげているんじゃないだろうかとも思った。

いろんな感情が渦巻いて、ひどく感傷的になる。

でも…一つだけ確かなことは、圭吾と会えなくなるなんて絶対にいやだということ。

悠斗は今こそ勇気を出そうと、触れている手を強く握り返して圭吾を見た。

「…僕も、僕も圭吾と同じ気持ちだよ。これからも…ずっと一緒にいたいんだ」

銀幕が次々と場面を変える中、揺れる瞳だけを見つめて悠斗は真摯に答える。

「悠斗…」

彼の大きな掌が、今度は悠斗の両肩を包んで、もう一度念を押すように確認された。

「本当に？　本当に俺とずっといたい？　悠斗は、俺と同じ気持ちってことか？」

「うん」

借金のことがあろうとなかろうと、圭吾と離れたくない気持ちは本物だ。

「ごめん。なんか嬉しすぎて、にわかには信じられないんだ」

「信じてよ。本当に好きだから」

「じゃぁ、どのくらい好きなんだ？」

子供みたいなことを訊いたと苦笑する笑顔が、まだ疑心を漂わせていて、悠斗はいつものようにジョークで返す。

「どのくらいって……そうだな。圭吾と結婚してもいいくらい…かな？」

言ってしまってから、今のセリフが故意的な発言だったたと気づいた。

ひどく自分が汚いもののように思えたが、借金がなくなれば今の地獄のような取り立てからは確実に解放される。

そう思うのもまた、自分の中の真実。

「なぁ悠斗、今の……本気なんだな？」

また、同じ思考の堂々巡り。

僕は圭吾を本当に愛している？

それとも、借金返済のために利用しようとしているだけ？

おそらくは、その両方が真実なんだと悠斗は最終的に結論づけた。

でも、もうこれ以上は耐えられないんだ。

僕は自分を失ってしまうのが怖い。

だから、どうかこんな僕を許して、圭吾…。

「どうした悠斗？　なぁ…おまえは、本気なんだよな？」

「うん、本気だよ」

そう言ったとたん、圭吾は感激を表すように悠斗の肩を大きく揺さぶった。

「わかった！　なら、俺たちは結婚しよう」

「え？」

「俺が大学時代に留学していたパリなら、同性婚を認めているんだ。だから、そこで式を挙げよう。すぐに新婚旅行の手配をするよ」

え？　ええ？　待って。そんなにすぐ？

圭吾があまりに性急で、追いつけない。

「あの、ちょっと待って」

「いつがいい？」

「圭吾！」

「いつ？　ほら、悠斗の気が変わらないうちに決めるんだ。いつがいい？」

僕の気持ちが変わらないうちに…だって？

なんだか、わかったよ圭吾。

こんなふうに幸せそうに圭吾が笑っていると、僕も嬉しいみたいだ。

「あ～…そうだな。夏休みなら、たぶん大丈夫だけど？」

「休みは八月八日からって言ってたよな。なら、一週間でいいか？　すぐに電話する」

圭吾は悠斗の手を摑んだまま立ちあがって上映ホールを出ると、人気《ひとけ》のない廊下に出た。

「ちょっと、圭吾？　本当に？」

信じられないことに彼はその場から旅行会社に電話をして、すぐに飛行機とホテルの予約を入れた。

「圭吾、あの……」

「だめだ。今さら『いやだ』は、なしだぞ。もうキャンセルできないから逃げるなよ」

こんな強引な圭吾は、今までで初めて見た。

「逃げないよ。でも、聞いて…話しておきたいことがあるんだ。だから、お願い、聞いて」

今を逃したら、話す機会なんてないだろう。

悠斗はそう確信した。

「いいよ。聞くけど、『やっぱり結婚は無理』ってこと以外なら、なんでも聞く」

「違うって。実は僕…圭吾にちゃんと話さなきゃいけないことがあるんだ」

もしこれで、彼が僕に幻滅したならそれまでだ。

「この話を知ったら、圭吾は僕が嫌いになるかもしれない」

「なんだよ深刻だな。でもあいにく今の俺は有頂天だから、なにを聞いても驚かないぞ」

優しい笑顔に背中を押され、悠斗は口を開いた。

胸の奥はじくじく燻《くすぶ》るように痛んだが、気づかないふりをする。

「あの、こっちに座って話すよ」

二人は人気のない映画館ロビーにある、洒落た長椅子に座った。

そして悠斗は意を決すると、父の死の真相と、父が残した借金のことを初めて語り始める。

細かい点も隠さず、最初から順を追ってゆっくりと話し、半時間ほどかけてすべてを伝え終えた。

その間、圭吾は険しい顔をして一言も挟むことなく黙って聞いてくれていたが、話が終わるとすべて納得したようにうなずき、初めて口を開いた。

「まずは悠斗に謝るよ。本当に悪かった。おまえがそんなに苦しんでいたのに、少しも気づいてやれなくて…」

最初に彼が言った一言で、悠斗は凍《こご》えていた心が温められて涙がこぼれる。

「悠斗からは以前、銀行への借金は完済したと聞いていたから、消費者金融にも負債があることは少しも知らなかった。でも悠斗がなにか悩んでいることには気づいていたんだ。おまえ、最近少し痩せただろう？　それに時々、俺といても黙り込むことが多くなっていたし」

「うん…実は終業後も週の半分くらい、バイトをしていたんだ。残業だなんて言って嘘ついてごめん」

「そうか。でも、全部話してくれて嬉しいよ。それから、もう安心していい。悠斗は俺の伴《はん》侶《りょ》になるんだから、もちろん金銭的なことも俺がちゃんと援助するよ」

その言葉を聞いたとき、悠斗は心底から安堵し、そして……自分に激しい嫌悪を覚えた。

「あの…圭吾。次に会ったとき、ちゃんと消費者金融の借用書を見せるから」

「そんなものはいいんだ。悠斗を信じているから必要ない。俺はただ、なんの不安も心配事もなく、悠斗に俺のパートナーになって欲しいんだ」

「…うん。うん」

「急いで用意するよ」

あぁ、これでもう、地獄のような日々は終わるんだ。

借金取りの熊谷から、ようやく解放される。

悠斗は久方ぶりに、心からの安堵に身を浸した。

三日後、悠斗は圭吾と二人で、ドレスコードのあるフレンチレストランにいた。

用意されていたのは個室で、白を基調にした内装は清楚《せいそ》で品がよく、アクセントのゴールドの使い方が見事だと感じた。

おそらくこの部屋は、なにか特別な時に利用されるのだろう。

二人が席に着くとすぐにワインが用意されて、あらかじめ圭吾がメニューを決めていたことがわかった。

なんだか今日は特別なことが起こりそうで、少しそわそわしてしまうが、圭吾も同じようにいつもとは違う雰囲気だった。

次々と料理が運ばれ、二人はたわいもないことを話しながら二時間ほどのときを過ごした。

食事が終わると、テーブルが綺麗に片づけられるのを見て、悠斗は不思議に思った。

「あれ？　まだスイーツやコーヒーがあるはずだよね？　おかしいな」

圭吾はそれには答えず、ただ穏やかに笑っている。

「えと…どうしたの？」

なんだか常とは違う空気の中、圭吾がスーツの襟を正した。

「悠斗、今日もとても楽しかった。ありがとう」

「え？　うん…こちらこそ」

「それで、改めて…これを」

圭吾は胸ポケットから紺色のベルベットの小箱を取り出して、悠斗の前に置く。

「あの、これ…もしかして」

映画やドラマでなら、こういうシーンは見たことがある。

「開けてみて」

そっと手に取って蓋《ふた》を開くと、白い台座の中央に、小さなダイヤがちりばめられたプラチナリングが収められていた。

こんなことは男女間の婚姻に限られたことだと思っていたから、驚きに声も出ない。

「改めて申し込ませて欲しい。悠斗…俺と、結婚してくれるね？」

ダイヤのリングは、天井の豪華なシャンデリアの輝きを反射してきらめいている。

その透明な光輝《こうき》があまりにまばゆくて、悠斗は少しだけまぶたを伏せて顔を曇らせた。

今の自分には、ふさわしくないように思えたからだ。

「どうしたんだ？　悠斗…」

「あ…ううん、なんでもない。ありがとう圭吾。こんなの、僕がもらっていいのかな？　でも、すごく嬉しい」

複雑な感情を打ち消して笑みを作ると、圭吾はさらに封筒を渡してくる。

「……今度は、なに？」

「あぁ。悠斗はこれで、負債から完全に解放されるはずだよ」

急いで封を切ってみると、中には百万円の帯付束が五つ。

合計五百万円の現金が入っていた。

「あ………あの、圭吾…なんて言っていいのか。ありがとう…本当に、ありがとう。これで安心して暮らせるよ。さっそく明日、金融会社に行って返済してくる」

「それがいい。もしも不安なら、俺も一緒に行こうか？」

「ううん、大丈夫だよ。負債は俺の家族の問題なんだから、これ以上圭吾に迷惑はかけられない」

「わかった。なぁ悠斗、もうこれでおまえを苦しめるものはなくなったんだな？」

どれだけ圭吾に愛されているのかを知って、胸がいっぱいで声がうわずってしまう。

「うん…ぅん。そうだよ。あとは…圭吾と幸せになるだけ」

その言葉に、圭吾はふと天井を向いて息を吐いた。

瞳が潤んでいる。

「どうしたの？」

「この前にも言ったと思うけど、これまで俺は一生涯、独りで生きていくんだと思ってた。でも悠斗に出会って好きになって、ずっと願ってたんだ。悠斗と生涯のパートナーなれたらって」

「…うん」

「でもそれは届かぬ願いだとあきらめていたんだ。だから……まさか本当に悠斗が俺を想ってくれる日が来るなんて想像もしてなくて…こんなに幸せでいいのかって、今、少し怖くなってる」

いつも自信に満ちた圭吾がこんな弱音を吐くなんてめずらしかったけれど、彼が自分の性癖のことで悩んできたことを聞いていたから切なくなる。

「それは違うよ圭吾。圭吾だけが幸せなんじゃない……僕も幸せだよ」

きっとこれまで、彼の人生にはつらいこともあっただろう。

でもその苦しみを補って余りあるくらい、自分が傍で彼を大事にしてあげたい。

いつも彼が優しくしてくれる分、自分もそれを全身全霊で返したい。

「ありがとう…悠斗」

圭吾は悠斗の手を取ると、その薬指にプラチナのリングをはめてくれた。

「綺麗だね…」

まぶしい光彩を放つダイヤモンド。

この輝きに負けないくらい自分も輝いて、彼の前途を洋々と照らせるような存在になりたいと願った。

「悠斗、それからこれを」

「え?」

圭吾がさらに差し出したのは預金通帳で、開いてみると記帳欄の一段目にはゼロが並んだ金額の記載がある。

数えてみると、なんと一億円だった。

「これを悠斗に。いつでも好きに使っていいから、役立てて欲しい」

「こんな……もらえないよ。僕は借金を返すことができればそれで充分なんだ」

信じられない。

絶対にもらえないと思った。

「悠斗は真成寺家三男である俺の伴侶になるんだから、不自由な思いはさせたくないんだ。俺の想いの証だから受け取って欲しい」

「………わかった。ありがとう。でも、これは使わないで二人の将来のために置いておくことにするよ。それと、この五百万は必ず返すから」

圭吾とパートナーになったとしても、自分にはイラストレーターの仕事がある、だから今は援助してもらっても、少しずつでも必ず返すつもりだ。

「そんなこと気にしなくていい。ただ、俺とずっと一緒にいてくれたらそれでいいんだ」

彼が優しすぎると、少しでもうしろめたい要素がある悠斗は胸が痛んだ。

そして一番気になっていたことを口にする。

「あの…訊いていいかな。圭吾のご家族は…僕とのことを…?」

「前にも話したけど、俺がゲイだってことはとうに家族に告白してる。最初は微妙な反応だったけど、今では両親も兄たちも認めてくれているよ。幸いなことに俺は三男だし、家を継ぐのは兄たちに任せているから気にしなくていい」

「本当に？　でも、圭吾はそれでいいの？」

「心配ない。俺がパートナーを決めたことはちゃんと話したし、そのことに誰も反対はしないよ。逆に、干渉もしないそうだ。だから大丈夫だよ」

こんなに自分のことを大事に想ってくれる気持ちが嬉しくて、涙が自然にあふれた。

その反面、罪悪感が湧きあがってきて息苦しくなるが、悠斗はそれを懸命に否定する。

違う！

僕は負債の返済のために圭吾と結婚するんじゃない。

今は確かに彼を利用しているように見えるかもしれないけど、僕は圭吾を愛している。

長い生涯を並走する中で、自分が圭吾を愛して支えることで、この胸の痛みはきっと消えてくれるだろう。

「圭吾、ありがとう」

悠斗は彼の想いに少しでも報いるため、自分のすべてで彼に尽くそうと決めた。


圭吾は大学時代、二年間フランスに留学していた。

ホテルのオーナーである父親が当時パリに建設したホテルは、今ではすっかり中心街の三つ星ホテルへと成長している。

パリといえば芸術の都と称されるが、そこに住んでいる画家や音楽家などには、同性愛者も多かった。

近年、同性婚が公式に認められたことでも話題になっている街だ。

そんな自由な環境だからか、大学時代は圭吾も周囲の友人たちにゲイだと公言していて、すでに結婚した当時の友人が、圭吾と悠斗の式を催してくれるらしい。

悠斗があまり派手にしたくないと頼んだ結果、内輪で行うことになっていた。


東京からの長旅でようやくパリの空港に降り立った日、悠斗はすっかり時差ぼけで半日を眠って過ごすことになった。

だが明朝には体力も回復して、二人は勇んで観光に出かけることにした。

明日は結婚式だから無理はできないと、圭吾はパリ市内の観光地巡りを提案する。

フランスを訪れるのが初めての悠斗には、メジャーな観光地を案内するのがいいとの判断だった。

というわけで、旅行ガイド通りのコースを二人はたどった。

センスのいいお洒落な人々で華やぐシャンゼリゼ通りを歩いてショッピングをし、カフェで美味しいハーブティーをいただく。

そして今は、凱旋門《がいせんもん》の螺旋階段《らせんかいだん》をのぼって、高いところからパリの街並みを一望している。

凱旋門の上に登れることを知らなかった悠斗は、それが一番意外だった。

「うわ〜、すごいね。なんか…景色のすべてが絵葉書を見ているみたい。街のどこを切り取っても絵になるね」

「あぁ。人も街も洗練されてるよな。でも、俺がこのパリで一番気に入ってるのは、それぞれの個性を誰もが尊重してくれるってところかな」

確かにシャンゼリゼ通りを歩いて思ったのは、ファッションに関して個性的な人もいるけれど、それを誰かが排斥するような雰囲気はなく、上手く街に融合していることだった。

「そっか、ここは芸術の街だから、奇抜なものも多いよね。でも、そういう自己主張は僕は好きだよ」

「悠斗だって芸術家の一人だからな。さっき、ルーブル美術館の前で絵を描いているご老人のキャンバスをずっと見てただろう?」

「あはは、そうだったね。完成された絵を見るのもいいけど、描く過程を知るのって面白いと思わない?」

油絵は授業で習っただけだけど、こんな景色《けしき》を毎日見てたら描きたくなる気持ちはわかる。

「今回は短い滞在だけど、またいつでも来ような」

「うん。もっと圭吾に、穴場の場所も連れていって欲しいな」

「もちろん。任せておけよ」

悠斗にとって、パリは男性同士が肩を寄せ合っても自然体でいられるのが嬉しい街でもある。

さすがに手を繋ぐ勇気はなかったけれど、肩が触れ合っている温もりだけで幸せになれる気がした。

「あのさ、圭吾。明日の結婚式、本当に僕はウエディングドレスを着るの?」

実は圭吾の友人たちの計らいで、すでにそういう計画が進行している。

「あ～、その点は悪いと思ってる。まぁ、以前俺が、イースター祭で悠斗がアリスの衣装を着ていた写真をSNSにアップしたのが原因なんだけどな。ジャンが絶対に悠斗にドレスを着せるって譲らないんだ。悪いなぁ」

「ううん、別にいやじゃないけど……圭吾はどうなのかなって? 本当にそれでいいの?」

「え? あ～。そうだな。それでいいって言うか、むしろ…それがいいっていう感じ?」

苦笑した圭吾は、どうやら悠斗にドレスを着て欲しいらしい。

「しょうがないなぁ。圭吾が僕のウエディングドレス姿を見たいって言うなら、喜んで着ることにするよ」

ウインクをして了解の意を伝えると、圭吾はくすぐったい笑みを浮かべた。こんなことで喜んでくれるならいくらでもしてあげたいと思った。

「あ～、風が気持ちいいね。でもなんかパリの風って、紅茶の香りがしない?」

「本当に？」

クンクン鼻を鳴らすノリのいい圭吾を見て、悠斗が笑った。

パリの空は晴れ晴れとまぶしくて、吹く風は確かに独特な異国の香りを運んでくる。

悠斗はそっと圭吾の肩にもたれた。

「なぁ、悠斗…」

なぜか一転して沈んだ声で自分を呼ぶ圭吾を、驚いて振り向く。

「…どうしたの？」

「………本当によかったのかな？　俺は…少し焦ってしまって、ここまで強引に話を進めてしまった。そしてもう…明日は結婚式だ。悠斗は本当にこれでよかったって思ってるのか？納得してる？」

そんなふうに疑念を抱かせてしまっているのは、自分の心情にやましい点があるからだろうか？

「圭吾と結婚することは、もちろん僕の望みだよ」

結果的に彼を利用することになった自分は、本当に彼と幸せになる権利があるのか？

堂々巡りのそんな疑問が消えることはなかったけれど、でも悠斗は、だからこそ気持ちを改める。

僕は絶対に圭吾を裏切らない。

なにがあっても一生、彼を支え続ける。

今の決意を明日の式で宣誓するつもりだ。

圭吾は僕と一緒に幸せになりたいと言ってくれた。

彼の生涯に僕が必要だと圭吾が望むなら、この命を賭けて尽くすことを誓いたい。

「僕は圭吾と生きていきたいんだ。本当だよ」


パリ郊外、モンマルトルの丘には芸術家が多く居住し、同性婚夫婦も少なくない。

二人の結婚式の会場は、市街地を見おろせる絶景ポイントにあった。

そこは古い時代の修道教会で、現在はイベント会社が建物を所有し、いろんな催しに利用されている。

特に結婚式を行うことが多く、圭吾の友人であるジャンが式の立会人を引き受け、学生時代の友人五十人ほどを集めてくれた。

悠斗の友人も日本から招くように圭吾は気を遣ってくれたが、今はまだこの事実を公表する勇気がなかった。

そして今日、二人が結ばれるこのよき日は、二人の前途を祝すかのごとく快晴だった。

過去には礼拝堂だった広間に整列した五十人ほどの友人たち。

彼らの前で二人は互いに愛を誓い、結婚指輪の交換を行う。

今回、二人が挙げた式は人前式。

形式や格式にとらわれず、列席者に結婚の証人となってもらう新しいスタイルだ。

でも、ウエディングドレスを着るのが、やはり恥ずかしかった。

圭吾は白のタキシードが本当に似合っていて、まるで王子様みたいだった。

互いに交わした誓いの言葉は、きっと一生涯、記憶から消えることはないだろう。

「私、真成寺圭吾は、加納悠斗を生涯の伴侶として尽くすことを誓います」

そして悠斗も、涙に濡れながら同じ言葉を返す。

「私、加納悠斗は、真成寺圭吾を生涯の伴侶として尽くすことを誓います」

その言葉に嘘や偽りはない。

「では、誓いの口づけを…」

証人の言葉を受けた圭吾は、花嫁の顔を隠しているレースのベールをあげると、恭《うやうや》しく唇にキスをした。

そして二人で誓約書にサインをし、指輪の交換が行われたあと、最後に立会人が二人の結婚の成立を宣誓する。

「ここに我々は、真成寺圭吾と加納悠斗の婚姻を正式に認めます」

悠斗はこれまでの人生で、今ほど感激したことは初めてだった。

その後、教会の扉が開かれ、白いタキシードを着た圭吾とウエディングドレス姿の悠斗がゆっくりと階段を下りて庭に姿を現す。

集まっていた友人たちは、一斉にクラッカーを鳴らしてライスシャワーを降らせた。

フランス語はほとんどわからない悠斗だったが、圭吾の友人たちの表情や感激の様子で、彼らの交友がどれだけ深いのかが推測できた。

そのあと、女性たちに急《せ》き立てられて、悠斗はブーケトスに挑んだ。

チューリップとかすみ草の花束は大きく弧を描いて青い空に舞いあがり、それを見事手にした女性が歓喜の声をあげている。

さんさんと輝かしい陽光の降り注ぐ午後、悠斗は幸福の絶頂にいた。


結婚式が終わり、二人はパリ市内にあるホテルに戻ってきた。

そして今、悠斗はシャワーを浴びて着替えをすませたあと、脱衣室で髪を乾かしている。

なぜかひどく緊張しているのは、ここがスイートルームだからだ。

先にシャワーを浴びたあと、部屋に用意されていた膝丈の生成《きなり》のナイトウェアに着替えた。

普通に服を着た方がいいのか迷ったが、どうせ脱ぐのだからとナイトウェアにした。

こんなことを悩むなんて女子みたいだな……。

そう思って苦笑したあと、悠斗は薬指に輝いているプラチナのマリッジリングに触れた。

「信じられないな。僕と圭吾が結婚したなんて……きっと今日のことは一生忘れない」

目を閉じ、そっと今日の結婚式に思いを馳《は》せる。

ふと気づくと、とうに髪は乾いていて、いつまでも脱衣室にいるわけにはいかず部屋に戻った。

「…圭吾、シャワーお先」

「あぁ。じゃ、俺も行ってくるよ。喉が渇いてるだろう？　ビールもシャンパンもあるから、好きなものを飲んで待ってて」

「ぁ、うん。でも、ミネラルウォーターでいいよ」

パリ観光をした昨日、圭吾はシングルルームを二部屋予約していて、それぞれ別の部屋で眠ったけれど、今夜はスイートルーム。

誠実で真面目な彼は、予想通り形式を重んじるタイプみたいで、二人はまだ一度も性交渉がなかった。

「どうしよう。僕……大丈夫かな？」

悠斗にとって、プロポーズを了承してから今日まで本当に短期間だったため、セックスについての予習なんか少しもできていない。

哀しいかな現在の心境は、怖いのと不安だけしかない。

「きっと、圭吾は経験者なんだろうな…」

別に僕だって経験はあるけど、女性に限ってのことだ。

でもそれだと、今回は役に立たないのかな？

男同士のセックスがどういうものなのか漠然と想像はつくけれど、詳細な部分までは未知数だった。

「あ～もういいよ。いくら悩んだってしょうがないんだから。もう全部圭吾に任せておけば、僕はマグロでも大丈夫だよきっと」

基本、根っこの部分が楽観的にできている悠斗は、常温のミネラルウォーターで喉を潤しながら、パリの夜景を眺めていた。

昼間のシャンゼリゼ通りも魅力的だったが、夜はまた違ったセクシーで魅惑的な装いを見せる街だ。

ホテルの窓から見おろす夜景は、まるで深海に沈む宝石のようだった。

「悠斗、お待たせ」

すっかり夜景に夢中になっていたから、背後から声をかけられて肩が跳ねる。

「あ…うん」

バスルームを使い終わった圭吾は、白い柔らかそうなワッフル生地のガウンを羽織っていた。

ウエストを同じ素材のベルト紐で締めているせいか胸元が開いて、自然と大胸筋に目がいってしまう。

最初に会ったときにも思ったけれど、ジムに通っている圭吾はいわゆる細マッチョで、同性から見てもうらやましい体型だった。

「悠斗…顔が強ばってるぞ？　気つけにワインでも軽く飲む？」

あ、なるほど。

この際、アルコールで気分を高めて不安を打ち消すのもいいかもしれないけど…。

「ううん。今夜は…やめておく」

「そうか？　じゃぁ、俺もやめるよ。今夜は俺たちの初夜なんだから、悠斗のすべてを一つ残らず記憶しておきたいし」

平気でそういうキザなセリフを口にする圭吾に、どう返していいかわからない。

自分でも、ほっぺたが熱くなるのがわかった。

「あ〜悠斗、おまえ本当にすごく緊張した顔してる。なんなら俺がここで、大喜利でも披露しようか？」

「あはは、なに言ってるんだよ」

大喜利という言葉が無条件におかしくて噴き出す。

そっか、わかった。

僕は不安なんじゃなくて、緊張しているんだ。

なら大丈夫。

怖いものは、なにもない！

「心配しなくていいよ。悠斗が怖がるようなこと、なに一つしないから。たぶんね…」

え？

「たぶん？　えっと…たぶん、なの？」

「う～ん、ふふふ。まぁ俺もその……男だし、興奮したら止まらないかもしれないから一応、たぶんってことで。それと、努力はするけど、少し痛い思いをさせるかもしれないんだ」

あ、そうなんだ？

今の圭吾の言葉で、自分が女性側の役割なんだと確信した。

まぁ、これはもちろん想定内のことだ…と、自分に言い聞かせる。

でもやっぱり…。

「少し、痛いんだ？」

「痛くないように、努力はするけどね。ごめんな」

でも逆に、正直な圭吾の言葉に安心した。

「ん～、いいよ。だって痛くするのは圭吾だから。痛くても平気」

「ごめんな。でも、なるたけ気持ちよくなってもらえるよう、努力に励むよ」

圭吾が一生懸命、気分を和ませようとしてくれているのが嬉しい。

「あははは。うん…お願いします」

「じゃ、さっそくお姫様をベッドにお運びしましょうか」

「え？　なに？」

圭吾はゆったり近づいてくると、言葉通り悠斗の身体を軽々とお姫様抱っこする。

「ぁっ…」

うわぁっ、どうしよう。

未知の領域に足を踏み入れる恐怖は残っていたが、軽々と抱きあげられるのは気分がよかった。

悠斗は、もっと寝室が遠ければいいのに…と密やかに願った。

ベッドに横たえられ、体重をかけないよう気を遣って組み敷かれると、鼓動が一気に上昇する。

「キス、するから」

「ん…」

最初のキスは、ちゅっと甘い音を響かせる。

ついばむ仕草が優しくて、なんだか気持ちを落ち着かせようと配慮してくれているみたいだ。

「ほら、な？　怖くないだろ？」

いつの間にか胸と胸が重なっていて、美丈夫の固い肉体に純粋な欲情を覚えた。

正直、男を好きになったことがない悠斗は、本当に同性相手に欲情するのか懐疑的だったけれど、それは杞憂《きゆう》だったらしい。

筋肉の鎧《よろい》をまとった圭吾の肢体はセクシーで、ひどく興奮してしまう。

「口…開けてくれないか？　悠斗…」

「ん…でも………ぁふ、ぅ」

押しつけるようなキスで深く交わり、口内を熱心に舌で舐め尽くされて息があがった。

さらに唇は頬から顎、喉仏をついばんで、鎖骨の中心の窪みをえぐるようにねぶる。

「は…ぁ…っ」

圭吾は自分の前歯を唇で包んだ状態で鎖骨を甘噛みしながら移動し、やがて前開きの薄いナイトウェアのボタンに興味を移した。

「…好きだよ悠斗」

白いボタンに恭しくキスを落とすと、彼はそのボタンを一つ外す。

また次のボタンにキスをして、外す。

「ぁ…うん。僕も好き……」

キスごとにナイトウェアの袷《あわせ》が開いていき、襟からのぞく白くなめらかな肌が圭吾の視線を釘《くぎ》づけにする。

　ボタン全部にキスをして外したあと、圭吾はナイトウェアを左右に広げて素肌をさらした。

　下着はボクサーパンツだけをはいていた悠斗だったが、すでに少しだけ固くなっているのを知られるかと思うと頬が染まった。

「下着、つけてたんだ？　恥ずかしがりだなぁ…悠斗は」

　え？　あの。

　もしかして普通は、ナイトウェアの下には下着をつけないってこと？

「だって…僕はそんなの知らなかっ……あ！　ぁぁっ」

　パンツばかりに気を取られていると、圭吾は今度、ボタンの代わりに柔らかそうな乳首に唇を寄せてキスを落とした。

「やっっ！　そこ…急に……っ」

　ピクンと腰がゆるく跳ねると、気をよくした圭吾は桜色の突起にばかり触れてくる。

　だめっ………乳首ばっかり…恥ずかしいよ。

「…ぁ、圭吾、お願い。そんなところ…どうして？」

　僕は男なのに、乳首にキスされるなんて変だよ。

　でも、どうしよう…ゾクゾクする。

「なぜここにキスするのかって？　そんなの決まってる。悠斗の乳首がすごく美味しそうだからだろ?」

男の乳首が美味しいのかどうかは疑問だけど、なにか言い返そうとしてまた息がつまった。

「っぅ…ぁ」

圭吾は今度、右側の乳首を吸いながら口に含み、乳頭を周囲ごと舌で練り込むようにつぶしてくる。

脇腹から腰にかけてびりびりと電気が走って、淫らな動きで腰がうねった。

「あぁ…はっ!　ぅ…ん」

自分は男なのに、乳首がこんなに感じるなんて…信じられない気持ちだった。

さらにもう片方の乳首は、親指と人差し指の腹でつままれ、乳頭ばかりグリグリと揉み込まれる。

「ぁん……あぁぁ、やだっ」

初めての快感に怖くなり、圭吾のうしろ髪をやんわり掴んで引きはがそうとすると、そのとたん、まるで罰を与えるように強めに乳頭をかじられた。

「ひぁ!　やぁぁぁっ」

「やめないよ。だって、悠斗が気持ちよさそうだからね…」

徹底的に乳首をねちっこく舐められ、息も絶え絶えになるころには、乳頭も乳輪もヌラヌラと唾液で光ってひどくいやらしいありさまになっていた。

肌もすっかり汗ばみ、吐く息は熱を持って、頬も身体もふしだらな桃色に染まっている。

「ふふ…ピンクの悠斗はすごく綺麗だよ」

男なのに綺麗だと褒められるのは慣れなかったけど、恥ずかしくて嬉しかった。

そんな悠斗の初々しくも敏感な反応に満足した圭吾は、ようやく唇を下に這わせていく。へその周囲を焦らすように舐めてから、今度は脇腹を鼻梁でくすぐった。

「あぁ…ぁ…ん…」

甘い快感に浸っていると、一切の断りもなくパンツが脱がされる。

「もう勃《た》ってるね…」

と指摘され、本気で泣きそうになった。

「やだよ…圭吾。なんか僕ばっかり裸で、恥ずかしい」

「ごめんごめん！　そうだよな。俺も脱ぐから、だったら恥ずかしくないだろ？　俺も悠斗と同じだよ。もう感じてる。悠斗が欲しくてたまらないんだ」

ガウンの紐をほどくとハラリと前が開き、隆々と筋肉の盛りあがった胸と、割れた腹があらわになる。

まるでメンズ雑誌のモデルのような美しい肉体を前にして、悠斗の喉は興奮でごくりと鳴ってしまった。

「ふふ、どうした悠斗？　そんなに見て。この身体が…欲しい？」

どくんどくんと大きく脈打つ鼓動は、紛れもなく自分が興奮している印。

「あ、の……圭吾。ちょっとだけ…触っていい？　胸とか、お腹とか」

鎖骨の下からくっきり盛りあがる大胸筋は見事で、その下に続く波打つ腹筋に目が釘づけになる。

「いいよ。全部、悠斗のものなんだから好きに触っていいんだ」

「僕の…もの？」

「そうだ。俺たちは結婚したんだから、この身体はすべて悠斗のものだよ。それにもちろん悠斗も…」

「うん。圭吾のものだね」

「だから、おまえは俺を好きに触っていい。ほら…」

いつも服の上から見ていた逞しい身体のライン。

たまに、腕や肩が偶然触れたときに感じていた筋肉の固さを、直にこの手で触ってみたいけれど…。

大胆になれずに困っていると手首を掴まれ、彼を覆う筋肉の鎧に掌を押し当てられる。

「あ！　嘘……圭吾の筋肉って…すごく固いんだね。それに、熱い」

「そうだろ？　……おまえに触られていると思うだけで、俺は…こんなみっともないくらい興奮するんだ」

触れている肌が急に汗で湿気を帯びてきたのがわかって、思わず手を引いた。

「なぁ悠斗、触るのは胸や腹だけでいいのか?」

本当は、他にもたくさん触りたいけれど、恥ずかしい。

「俺はもっと違うところも触って欲しいし、悠斗のすべてに触れてみたい」

悠斗の細腰をまたいだまま圭吾は上体を起こすと、ガウンを乱暴に脱ぎ去ってしまう。

普段は紳士的な圭吾が見せる男臭くて乱暴な仕草に、めまいがするほど興奮した。

「圭吾……」

さっきまでガウンに隠れていた逞しい上腕二頭筋を見て心拍数がさらにあがったが、それよりも…。

すでに圭吾の雄茎は雄々しく勃起していた。

それは信じられないほどの質量を持ち、びっしり血管をまとわせる様子がひどく暴力的に見える。

「圭吾の、大きい……すごく。なんか………怖いよ」

衝撃を受ける悠斗の体内を、熱を孕《はら》んだ血流が毛細血管にまで行き渡って、悠斗の興奮をさらに高めていく。

「ごめんな悠斗」

どうして謝るんだろう…と思ったけど、すぐにわかった。

僕が……この大きいのを、挿れられる立場だからだ。

もちろん怖いけど…。

「でも…圭吾が、僕に優しくしてくれるなら、いいよ」

余裕の笑みのつもりが苦笑になってしまって、それが圭吾にも伝染して二人で笑った。

「あ〜、うん。そうだな。わかったよ。なら、俺は究極に努力します」

「なんだよそれ。あはは…でも、まぁ、それでお願いします」

なんだか嬉しくて照れくさくてやっぱり少し怖くて、でも期待値はどんどん上昇していく。

「悠斗。なぁ、触ってくれないか？」

いきなり手を摑んで導かれ、頑強に天を突くペニスを握らされる。

「あっ！　ぁ………これ…大き、すぎる。それに脈打ってて……やっぱり僕…」

手を引っ込めようとするのを許さず、圭吾は悠斗の掌ごと怒張を包んで上下にこする。

彼の呼吸が荒く乱れてきて、まぶたに湿った息がかかるたびに泣きそうになる。

「なぁ、これでわかっただろう？　俺はこんなに悠斗が欲しいって。すぐにでも悠斗の中に挿りたい」

おそらく、どこで繫がるかは想像できるけど、どうやって繫がるのかは悠斗にとって完全に未知数だ。

詳しく知りたいと思ったけど、どうせ知っても怖いだけなら知らない方がいいのかもしれない。

「いいよ…挿っても。圭吾だからいい。だって圭吾のこと、信じてるから」

彼とのセックスは決して怖いだけじゃないはずだ。

彼に抱かれて、一つに繋がる喜びを知りたい。

「でも僕はなにも知らないし。ごめんね……だから、圭吾に全部お任せで」

軽く言って笑うはずだけど、やっぱり上手く笑えてなかったのかもしれない。

だって圭吾が少し気の毒そうに目尻を下げたから。

「ん…悠斗、好きだよ」

もうそれでいい。

好きだって言葉がすべての免罪符になるから、なんでもいい。

圭吾に出会って圭吾を知って、彼のすべてを好きになった。

自分の気持ちが本物だとわかるから、この身体を、存分に味わって欲しい。

いつの間に用意していたのか、圭吾はスタンドの置かれたサイドテーブルの上から、小さなボトルを手に取る。

それを目で追おうとしたら、キスで視界を遮られた。

「んっ……」

唇を何度もついばみ、まぶたや頬をたどって耳たぶをやんわり嚙まれる。

くすぐったいのと気持ちいいのとで、腰がうずうずと緩慢にのたうつ。

「ぁ、ぁあっ…だめ…そこ」

ふっくらとした耳たぶごと口に含んで、歯の裏側と舌で挟むように扱いて責められた。

卑猥《ひわい》な粘着音が大音量で鼓膜を揺らし、うなじから脇腹にビリビリと甘美な痺れが走る。

「ぁ。っぁ…ぅん……ぁぁっ」

いつの間にか悠斗の両手は、動くたびに躍動する圭吾の背筋を愛撫していた。

掌に湿った感触がして、彼の肌がひどく汗ばんでいることに気づいたとき、バニラローズの香りがする。

それは、アメニティのボディソープが香っているのだとすぐ気づいたけれど、普段のムスクの匂いではないことに、少しだけ不安を覚えた。

自分はコロンはつけないけれど、彼の香りはいつも甘くて魅惑的で好きだった。

「いいか、悠斗。本当に怖がらないでいいからな」

些細《ささい》な感情の起伏さえ察して心配してくれる圭吾はどこまでも優しくて、泣きそうになる。

「うん。わかってる。怖くな…ぃ…よ。ぁぁっ」

答え終わるのを待てないのか、すぐに胸元に顔を埋《うず》めた圭吾に、尖らせた唇で乳首を揺さぶられた。

「ぁふっ……や、また…そこ！　乳首は…だめ、だめっ」

シーツの海で背中が弓なりにしなると、目の前に捧《ささ》げられた乳首にまた吸いつかれ、舌で舐めまわされる。

「やぁぁ、乳首…もぉ、やっ」

細さを際立たせる首にぴんと筋が浮きあがって、ピローに包まれた頭部が左右に打ち振られた。

「ごめん、痛かったね。でも…困ったな。本当に…自分を抑えるのが難しいよ」

目を細める圭吾に、伝えたい。

「ううん。違うよ、そうじゃないんだ。僕は…気持ち…いいんだ」

確かに興奮した彼の愛撫は乱暴になる一歩手前のようだけど、このくらいがちょうどいいと感じたから正直に伝える。

「なら、よかった。でも、無理しなくていいんだからな」

さんざん乳首を食べたあと、圭吾はほっそりとした両足の間に腰を据え、悠斗の片方の足だけを膝立てさせた。

「あ、なに…?」

彼は先ほどのボトルのキャップを開けて、中の液体を掌に垂らす。

ゆっくりと指で練っているみたいだけど、なにをしているのかわからなかった。

不思議そうに見ていると、圭吾はまた困ったように笑って前屈みに上体を倒してくる。

広げられた足の付け根、信じられない場所を指先がなぞったことで、悲鳴に似た声があがった。

「ぅあああっ！」

「ごめん。まだ冷たかった？」

ううん…違うよ。

「大丈夫。少し…びっくりしただけ」

あぁ、そうかわかった。

さっき掌で液体を練っていたのは、体温でローションを温めてくれていたんだ。

その気遣いがすごく嬉しい。

「圭吾、ありがとう。大好きだから…」

やがて指先が信じられない場所の上を何度も行き来し、周囲が濡らされていくのがわかる。

「ごめん。このまま中まで濡らすから」

圭吾の声がうわずっていて、ひどくセクシーに聞こえた。

ゆっくりと指が縁をくぐり、いよいよ悠斗の内部に押し入ってくる。

「あ…はぁ…ぁ、ぁあ、やぁぁ」

行く手を遮る襞をかき分けて奥まで進んだ圭吾は、含ませた指ごと優しく蠢かせ、中を蕩けさせていく。

徐々に指を増やし、とうとう三本の指を飲み込んだとき、喘ぎがあふれた。

「あ、そこ……なに？　ぁあ…変。だめ……そこ、いやぁ」

圭吾の指が前立腺を見つけ出してしまい、一瞬にして悠斗の声色が変わった。

そこを熱心にこすられると、次第に悠斗の身体が痛みだけでなく快感も拾うようになっていく。

甘く媚びた喘ぎと、リズムの乱れきった短い呼気が淫蕩《いんとう》に混じり合う。

「悠斗、気持ちいい？」

「う…ん。なんか、急に……ぁ、あぁ。感じて……どうしよう。僕」

「よかった。なぁ、そろそろ…挿れるから。ほら悠斗、手…繋ごう」

シーツの上で互いの両手を重ねて強く握ると、少しだけ怖さが和らいだ。

圭吾は細い腰の下にピローを入れ、結合しやすい高さに丁寧に調節する。

そのまましどけなく開かせた下肢を膝で押し広げると、心細い両足がゆらりと宙に浮く。

膝の裏側を持って自らの肩に担ぎあげると、圭吾は結合の体勢を整えた。

「あっ…」

悠斗の恥ずかしい部分が、丸見えになっている。

「ごめん…怖くないから。ほんの少しだけ力を抜いていて…難しいと思うけど」

穏やかな口調なのに太腿に添えられた掌の力が思いの外強くて、悠斗は少しだけ混乱した。

「ぁ、ぁ…ぁぁ」

悠斗の下腹では、半勃ちのままペニスが揺らいで涙をこぼしている。

そしていよいよ圭吾は、蕩けたローションをあふれさせている孔に、己の亀頭をあてがった。

「あぁ。それ、すごく熱い…圭吾」

おびえを孕んだ甘露な声を聞いたとき、圭吾はこれまでずっと胸中に隠してきた、干あがりそうな喉をようやく潤せる喜びに歓喜する。

「中に…挿るよ。楽にしていて…」

「うん…」

ぐっと腰が押しつけられると、巨大な亀頭が熟れた孔の縁を残酷なほど広げて潜り込んでくる。

「ひぁっ…ぁ…う」

ひりつくような痛みが一瞬だけ背筋を走ったが、そのあとは圧迫感しか感じなくなった。

圭吾は慎重に押したり引いたりを繰り返しながら、少しずつ結合を深めていく。

「ぁっ…圭吾、圭吾っ…はぁ…っ」

悠斗の呼吸と表情からその負担を推し量りながら、圭吾は最初の約束通り、細心の注意を払って挿っていった。

熱い粘膜に包まれると、それは淫らに蠢いて生き物のように圭吾を締めつる。

呆気なく持っていかれそうになるのをこらえながら、慎重に肉襞をかき分けていった。

「悠斗…っ、く…。大丈夫か？」

小さく喘いでいる唇がわなないて、それがまるで快感を咀嚼《そしやく》しているように都合よく見えてしまって圭吾は苦笑する。

「うん？」

「…圭吾、圭吾っ…」

悠斗は不安に襲われるたびに名を呼んで、自分を抱いているのが圭吾だと再認して安心する。

やがてすべてを埋めきったとき、圭吾は悠斗の頬を優しく撫でて額をくっつけた。

「悠斗、わかるか？　おまえの中に…俺のが…全部、挿ったよ」

「…っ…ほんと？　今、僕の中に…圭吾がいる？」

「ん、わかるだろう？　ほら…」

「あふ…ぅっ」

少しだけ意地悪く腰を揺すると、とたんに悠斗のペニスが透明な蜜をあふれさせる。

「なぁ悠斗。こらからも、ずっと一緒にいてくれ。俺と……一生涯…」

「うん。うん…約束する。ずっと離れないから。好きだよ…圭吾」

「俺もだ。愛してる」

そしてついに、我慢の限界を超えた男は本格的な律動を始めた。

「ごめん。悠斗…もう限界」

ベッドのスプリングの音がうるさいほど、彼は荒々しく腰を打ちつける。

「ぁ…ぁ、圭吾…いいよ。もっとして、もっと……」

誘われるまま、さっき見つけた前立腺を探って亀頭の笠《かさ》で強くこそいだ。

「あぁっ………ふ。そこ、気持ちい…よぉ」

最初に感じた圧迫感が、じわりじわりと快感に姿を変えていくことが怖くて嬉しい。

「あぁ、圭吾…どうしよう。僕……初めてなのに、こんなに気持ちいい。痛くないよ」

甘美な響きの声が恥ずかしそうに白状すると、それは圭吾の中にわずかに残った理性を搦《から》め捕《と》る。

「悪い悠斗、俺…もう優しくできないかもしれない」

「ん…いいよ。いいんだ…」

やがて動きは乱暴の一歩手前のものとなり、悠斗が紡ぎだす言葉は意味をなさずに喘ぎにまみれる。

叩きつける勢いのまま腰が打ち据えられ、中が蠢いて雄に媚びるように絡んで蕩けていく。

「悠斗…すごい。おまえの中」

圭吾の声は、すでに甘く嗄《か》れてひどくセクシーに響いた。

どちらも頭が真っ白になって、本能のまま快感だけを追う二頭の獣みたいに愛し合う。

「ぁぁ………ぅ。ふぁ…はぁぁあ」

「悠斗、悠斗…俺の…悠斗」

圭吾は恋人の名を愛おしげに連呼し、真上から前立腺を抉る角度でペニスを突き込んだ。

「ひぅぅっ…ぁぁ」

その瞬間、勃起して涙を垂らしながら揺れていた悠斗の雄は、呆気なく弾ける。

少し遅れて、狭い中で膨張しきったペニスが爆《は》ぜて、中が温かいもので濡らされていくのを悠斗は感じた。

「悠斗……く、ぅっ…」

圭吾が自分の中で達したのを知ったとき、悠斗の胸に去来する感情は歓喜だけだった。

彼の頬から汗がしたたり落ち、同じように汗まみれの悠斗の頬を濡らすと、二人は少しだけ冷静に戻る。

圭吾が苦笑しながら、唇の動きだけで「夢中になってゴメン」と伝えてくれた。

同じように、ひりつく喉から声を絞って「いいよ」と口の動きで返事を返す。

そして悠斗は、今このとき、胸に込みあげる唯一の想いを伝えたくて、懸命に重なった指を強く握った。

好きだとわかって欲しくて。

優しく抱いてくれてありがとうと言いたくて、嗄れた喉がまともに声を紡げない悔しさに笑ってみせる。

「知ってる。俺も好きだよ」

以心伝心。

嬉しくて涙がこぼれると、圭吾はそれを優しくついばんでぬぐってくれた。

【5】


二人が生涯のパートナーとなってから約二ヶ月。

都心に広いテラスつきのマンションを買った圭吾は、そこで悠斗と新婚生活を送っている。

平日は二人それぞれ仕事に励み、週末はボランティアに参加したりドライブに行ったりと、幸せな毎日を送っている。

二ヶ月前、多くの負債をかかえていた悠斗は結婚式の前に消費者金融を訪れ、利息を含めた借金を全額返済した。

圭吾の援助のおかげですべてを清算して自由になった悠斗は、生涯を圭吾の傍らに寄り添って生きていこうと決心した。

もちろん深夜のバイトもやめて、今は毎日、仕事帰りにスーパーに寄って食材を買ってから帰宅している。

以前から節約のために自炊していた悠斗は、料理も手慣れたものだった。

レパートリーを増やそうと奮闘して時々は失敗もするけれど、圭吾はどんな失敗作も残さずに食べてくれる。

だがそんな幸福な圭吾との結婚生活で、悠斗が想像していたことと相違する点が一つあった。

結婚する前、真面目な彼は悠斗を一度も抱くことはなかったが、意外と絶倫だということ。

新婚旅行から帰ってきた日からほぼ毎晩、熱心に求められている。

もちろんそれは、悠斗にとっても嬉しい「誤算」だということに変わりはない。

そんな幸せの絶頂にあった悠斗だったが…。

彼の幸福は、ほんのわずかの期間で終焉《しゅうえん》を迎えることになる。


その日、残業で遅くなった悠斗だったが、今日は圭吾が泊まりで名古屋に出張していた。

「はぁ…圭吾がいないと、なんか夕飯を作る張り合いがないよなぁ。どうしようか」

いつも美味しいと言ってご飯を食べてくれる圭吾がいなければ、スーパーに行く気も起きない自分に苦笑する。

今日はうちに帰って、冷蔵庫の残り物でなにか作って食べようか？

などと考えていたが…。

デザイン会社の入ったビルを出てすぐの路地の角で、悠斗は意外な人物に声をかけられた。

「よぉ、久しぶりだな」

悠斗は目の前に現れた男を見て、条件反射的に背筋を凍らせる。

彼は以前、悠斗から毎月返済金を徴収していた消費者金融の取り立て屋、熊谷だった。ふてぶてしくビルの壁面にもたれた男は、旨そうに煙草を吹かしている。

「元気だったか？　加納悠斗」

まるで、昔の級友にでも会ったように親しげな態度で近づいてきた。

「なんだぁ？　そんな怖い顔すんなって。おまえ、元気そうだし、幸せそうじゃねぇか」

「……熊谷さん。どうして、また…」

男が近づいてくると、身体にすり込まれた恐怖心から、足が知らずに後ずさってしまう。

悠斗は無意識のうちに、細い路地に逃げるように誘導されていた。

「綺麗さっぱり借金も返して、自由な人生を謳歌《おうか》してんのかよ。なぁおまえ、今どこに住んでんだ？」

熊谷に会うときは、いつも動悸がして息が苦しくなる。

「お、お金は全部返したんだから関係ないでしょう？　もう僕に関わらないでください！」

狭い路地に入っても延々と後ずさっていたが、そのうち背中が自販機に当たって逃げ道を断たれた。

「実はな、おまえが借金を完済した直後、俺はあの金融会社を辞めたんだ。それにしてもおまえ、上手いことやったよな」

「な、なにが…です？」

こんなときの悠斗のいやな予感は、悲しいかな、たいがい外れない。

「借金の返済金はどうやって作ったんだ？　おおかた、おまえに高級腕時計をくれた例のパトロンに貢がせたんじゃねぇのか？」

以前、圭吾にもらった腕時計を、借金返済のため質に入れさせられた。

必ず取り戻そうと思っているが、それは自分の働いたお金でないと意味がないから、今は貯金をしているところだ。

「実はな、俺ぁ見ちまったんだよ。おまえと…おまえの金持ちのパトロンを」

信じられない言葉に、一気に血の気が引いて足元がふらついた。

「二ヶ月前、ちょっと野暮用で香港《ホンコン》に行ってたんだ。で、成田でいいもんを見たんだ。おまえと、背の高い身なりのいい紳士をな」

おそらくそれは、新婚旅行先のパリから帰国したときのことだろう。

よりによって、熊谷に見られていたなんて。

「そんなの知りません。誰か人違いでしょう？」

「とぼけんなって。俺は知ってんだぜ。おまえとそのイケメンは、普通の友達って雰囲気じゃなかった。それにおまえら、そろいのリングを薬指にしてたろう？　どこ行ってた？　新婚旅行だったんじゃねぇのかよ？」

「ち、違います。違うんです！」

熊谷は追いつめた悠斗の頰に、煙草臭い息がかかるほど顔を近づける。

「悪ぃけど、この二月《ふたつき》の間に、ちょっと調べさしてもらったんだわ」

わざと小声で、そう告げられた。

熊谷はどう見ても堅気ではない。

最もタチが悪い、チンピラだ。

「おまえの旦那《だんな》のこともわかったぜ。あいつは倉科ホテルのオーナーの三男坊だろ?」

「っ…!」

すべて調べがついているとするなら、熊谷は今度、なにを脅してくるのか。

「それにしても、おまえもいい金ヅルを見つけたじゃねぇか。なぁ、また俺と仲良くやろうぜ。これから先も上手いことやって、今度は俺個人に金を工面してもらってくれよ」

信じられなかった。

以前は法外な利率で自分と父から金をむしり取り、今度は恐喝。

「いい加減にしてください! 彼を巻き込むなんて絶対にできません! これ以上こんなことを続けるなら、警察に話しますから」

そこだけは譲れない。

パリの教会で、大事なパートナーである圭吾のことを、なにがあっても護《まも》ると心に誓った。

「警察かぁ…そりゃ困ったな。なら、おまえが俺に逆らえないよう、少し調教してやるよ」

言葉の意味を計りかねていると、背後から近づいてきた誰かに白いハンカチで口をふさがれ、ゆっくりと意識は途切れていった。


目が覚めると、悠斗は見慣れないホテルのリビングにいた。

「え…ここは…？」

寝かされていたソファーから身を起こすと、まだ頭がぼんやりしていた。

だが近くに熊谷の姿を見た瞬間、先ほどの路地裏でのことが一気によみがえって顔色が変わる。

どうやら自分は、彼に拉致《らち》されたようだ。

「なぁ、よく聞けよ。俺が最後の手段を行使する前に、もう一回チャンスをやるよ。おまえが旦那から金を工面してくるなら、ここから無傷で逃がしてやってもいい。どうだ？」

「そんなことは絶対にできません。彼に関わらないでください」

自分だけならこんな脅しにも耐えられるが、優しい彼を巻き込むなんて許さない。

「なら、しょうがねぇ。イエスって言えるようにしてやるよ。俺はな、今まで男なんて抱いたことねぇんだが、一度おまえで試してやるよ。で…おい、入ってこい」

いきなり扉が開いて、いかにもガラの悪そうな三人の男が姿を現す。

「へぇ兄貴。こいつ、目を開けたら確かにもっと美人だな。よぉ、あんたのこと、兄貴と一緒に俺たちが可愛がってやるよ」

そのセリフで、熊谷が自分になにをしようとしているのかがわかって身の毛がよだった。

「心配すんな。この多田《ただ》って奴は男の味を知ってるらしいから、先に準備をしてもらえ」

「い……いやだ。いやっ」

近寄ってきた男に腕を摑まれた瞬間、悠斗は弾かれたように暴れだしたが、多勢に無勢、そのまま男三人に寝室へと引きずられていく。

「兄貴がおめぇの身体で愉しめるよう、まずはおめぇのアナルをグチョグチョにしてやるよ。さぁ、これを飲め」

グラスに少しだけ入った液体を勧められて顔を背けたが、鼻を摘まれて無理やり嚥下《えんか》させられた。

「今のは媚薬だ。即効性だから、いやでも敏感になる。おいおまえら。服、脱がせっぞ」

そのかけ声とともに、悠斗は二人の男に左右から押さえ込まれ、抵抗できないまま呆気なく裸に剝かれていく。

知らない男に両足を広げられてのしかかられるのは屈辱で鳥肌が立ったが、三人がかりでは抵抗も虚しいだけで…。

どれだけ泣いても懇願しても許されず、やがて肉体は媚薬に染められて懐柔されていく。

ジェルまみれの指で後孔をかきまわされる頃には、否応なく嬌声をあげていた。

そして熊谷は手下三人に準備をさせたのち、悠斗の身体の上に乗りあげると、男の味を試してやるよと笑いながら繰り返し抱いた。

さらにそのあとにも地獄は待っていて、悠斗は他の三人にも代わる代わる輪姦《りんかん》され…。

数時間にも及ぶ陵辱の末、ようやく解放されたときには指一本動かせないほど憔悴《しょうすい》して、すっかり精神を病んでいた。

繰り返された行為は紛れもない強姦で、悠斗は呆然とうわごとをつぶやく。

あぁ、どうしよう。

男に強姦されたなんて恥ずかしいこと、誰にも知られたくない。

もし圭吾に知られるくらいなら、死んだっていい…。

そう思えるほど悲惨で惨めだった。

白濁にまみれ、放心してベッドに横たわっている悠斗に、さらに追い打ちがかけられる。

「よぉ、なかなか男の味もよかったぜ。これからも時々抱いてやるよ。で、どうだ？　素直に俺に従う気になったか？　なぁ悠斗。おまえ、あいつの金を、ちょっとくらい持ち出せるだろう？」

　虫ずの走る男に悠斗と名を呼ばれ、死んだような瞳で相手を見あげる。

「そう睨むなって、あいつ…真成寺圭吾は立場上、世間にゲイだと知れたらマズいだろう？だから伝えてくれよ。それをバラされたくなかったら、今度は俺個人に金を工面してくれってな」

前途洋々たる圭吾の人生の邪魔なんて、絶対にさせないし許さない。

「悪いけど、いくらあなたがそんなこと言いふらしても、誰も圭吾がゲイだなんて信じない。証拠もないいんだから」

きっと誰も取り合わないだろう。

「なに言ってやがるんだ。証拠はおまえさ。おまえと一緒に住んでることを同時にバラせば、確信はなくてもホモ疑惑はかかるよな？　風評ってのは大事なんだぜ」

「あんたは…最低のゲス野郎だっ」

「ふん。おまえがあいつと一緒にいる限り、俺からは逃れられないいんだから素直に従うんだな」

「っ…」

「そうそう。おまえのスマホのアドレスやらいろいろ。こっちにコピーさせてもらったわ。あと、俺の連絡先も入れておいたからな。感謝しろよ」

信じられない。なんて勝手なことを。

でも…彼の言う通り、結局自分はこの男の毒牙から逃れることはかなわない。

わずか二ヶ月ほどの圭吾との蜜月は、幸福で淡い夢だったのかもしれない。

「わかったよ…ちゃんと伝えるから。今度、お金が入ったら連絡する」

悠斗がそれだけを答えると、熊谷と男たちは満足そうに笑って出ていった。

ドアが閉まる直前、『これから夫婦共々よろしくな』というセリフを残して。

乱れたベッドに横たわっていた悠斗は、一刻も早く身体を清めたくてシャワー室に飛び込んだ。

だが、どれだけボディソープで洗っても洗っても、一度汚れた自分を清めることはできなくて…。

そして悠斗は決心する。

優しい圭吾をこれ以上、巻き込みたくない。誰よりも彼を愛しているから。

それに、こんな身体になってしまった自分は、もう圭吾のもとには戻れない。

「僕は、マンションから黙って出ていこう」

ちょうど今日、圭吾が出張で部屋に帰らないことが幸いだった。

悠斗はタクシーで帰宅すると、急いで荷物をまとめる。

一億円の預金通帳を置いて出るか迷ったが、ほとんど貯金がない自分は、明日にでも住む場所に困るだろう。

必ず返すと心に決めて鞄《かばん》に入れると、書き置き一つも残さないままマンションを出る。

それから熊谷に一通のメールを送った。

「僕は圭吾の前から消えます。だから彼とはもう関係ないから迷惑をかけないで。さようなら」

翌日、悠斗はスマホを解約した。

一番心苦しかったのは、突然、仕事を辞めることだったが、やむを得ない。

そして、悠斗は完全に消息を絶った。

すべては愛する圭吾を護るため…。

【6】


あれから三年の歳月が流れた。

熊谷に見つかることを恐れ、半年に一回は引っ越しをしながら、悠斗は質素な暮らしをしている。

逃げた当初は当然収入もなくて、圭吾から預かった通帳から二百万を引き出した。

何度も銀行に行くことで、住んでいる場所を特定されないためだ。

外出は夜に限定し、食材の買い物など必要最低限にしている。

そんな悠斗だったが、いつまでも収入のない状態で預金を切り崩していくわけにはいかず、部屋に引きこもったまま何枚もイラストを描いた。

自分が今できることは、これくらいだからだ。

それを複数の企業に偽名で送り、ようやく半年ほどしてある文具メーカーと契約が取れた。

もちろん契約の際に提出した職務経歴書は嘘ばかりだったが、所詮《しょせん》使いっ走りのイラストレーターのためか熱心に審査されることもなく、なんとか仕事を続けられている。

幸いなことに、圭吾のもとを去ってから一年後、南サラというペンネームで描いたカモノハシをモチーフにした文具のキャラクターが爆発的にヒットした。

あれよあれよという間に、悠斗は一気に人気イラストレーターの仲間入りを果たした。

その後は著作権収入が増えていって…。

思いの外順調な逃亡生活を送る悠斗だったが、最初に得た収入で、質に入れていた腕時計を真っ先に買い戻した。

圭吾が誕生日にくれた大切なものだったからだ。

その後、収入のほとんどは圭吾から預かった通帳に貯金している。

すべては、いつか圭吾に謝罪して全額を返金するためだ。

いくら圭吾を巻き込みたくなかったからとはいえ、彼になにも告げずに突然姿を消したことは、今でも本当に申し訳なく思っている。

自分にそのつもりがなくても、結局は一億円が入った通帳を持って逃げてしまったため、その行為は紛れもなく窃盗に値するだろう。

だから悠斗は、圭吾に借りたすべてのお金を返すため、懸命に貯金を続けている。

消費者金融に返すために借りた五百万と、生活費のために通帳から引き出した二百万、その合計七百万円。

そしてようやく、そのほとんどを著作権収入によって返済できるまでになっている。

今の不足額は五十万円ほどで、それが貯まったらすぐ圭吾のもとに、現金と通帳を送ろうと決めていた。

だから毎日、寝る間も惜しんでイラストを描いていた悠斗だったが…。

そんな矢先、画材店で圭吾に見つかって、彼のマンションに監禁されてしまった。

所在を突き止められたのは、実は偶然でもなんでもなかったのだ。

圭吾は……生涯を誓ったパートナーが突然、一億を持ったまま失踪したあと、絶望した。

どうしてもその理由を知りたくて、探偵を使って懸命に行方を捜索していたが、悠斗が何度も住むところを変えるせいでなかなか場所の特定ができなかった。

失踪から三年が経ち、ようやくそれらしき人物を画材店で見かけたという情報が探偵社から入り…。

隠し撮りの顔写真からそれが悠斗だと確信し、彼が画材店に入ったところで、尾行していた探偵からすぐに知らせをもらった。

そして…。

圭吾は偶然の再会を装って悠斗に接触し、そのまま自分の所有するマンションの寝室に監禁したのだ。

最初、悠斗は圭吾との再会に戸惑いつつも、不謹慎にも胸を躍らせてしまった。

久しぶりに見る彼の容姿が、三年前と少しも変わってなかったから。

だが圭吾の発した耳を疑うようなセリフは、そんな悠斗を奈落《ならく》の底に突き落とした。

「毎日俺に抱かれれば、一回百万払ってやるよ。俺が貢いだ一億円分、身体で払い終わったらおまえを解放してやる」

それまでの悠斗は、持ち去ったお金を返して謝罪すれば、圭吾は許してくれるかもしれないと考えていたが…。

どこまでも甘い自分を、すぐに罵倒《ばとう》した。

ただ悠斗はこのとき、彼に肩代わりしてもらった金額のほとんどを、近々返せる状況にあった。

だが圭吾が自分を恨んでいることを知り、なによりも苦しめることを望んでいるとわかって、お金ではなく身体を売って借金を返すことを決めた。

それが彼にとって、自分への罰になるなら、彼の望むようにしたい。

もちろん悠斗にしても、圭吾と離れてみてわかったことがある。

自分がどれだけ彼を愛していたのかということだ。

初めてプロポーズされたとき、それを受けたのは借金を返済するためだったと自分を疑いもしたけれど、それは違っていた。

悠斗は本当に、圭吾を愛していた。

彼を失ってから心が空洞になって生きる希望を失い、自身の本心を思い知った。

だから悠斗は、たとえ監禁されて罰せられても、圭吾と一緒にいられることを至福だと思っていた。

そして今。

監禁生活も一ヶ月ほどになる。

このマンションは圭吾が住んでいるわけではなく、勤めているホテルに近く、時々利用するために借りているらしい。

だから圭吾は、欲しいときに気まぐれにやってきては悠斗を抱いた。

そんな生活の中で、悠斗は部屋から出ることこそ禁じられていたが、携帯やパソコンなどを取りあげられることはなかった。

せめてもの圭吾の慈悲だろうと思っている。

もちろん逃げ出すこともできたかもしれないが、首には革ベルトのセンサーつき首輪がはまったままで、自分で外すことができない。

そのまま出ればセンサーが反応して、大きな音が鳴り続ける。

音が出なかったとしても、首輪をつけたまま出歩くなんてことは、さすがに無理だった。

だから悠斗は、ある意味首輪を理由にしてマンションに留《とど》まっている。

だが監禁生活が一ヶ月を過ぎる頃になって、圭吾の態度に少しずつ変化が見えてきた。

今まではマンションを訪れて好き勝手に悠斗を抱いたあと、すぐ部屋を出ていくだけだったが、最近は多少なりともセックスのあとに会話が生まれている。

最初から圭吾は三年間の悠斗の逃亡生活についてを執拗に知りたがったが、このごろは自らのボランティアのことや会社のことなど、様々な話題が二人の間に増えていた。

圭吾のために、自分は悪役に徹すると決めた決意が揺らぎそうになって困る。

今夜も彼はマンションに来ると、首輪につけられたリードを外し、無言で隣室のダイニングキッチンに連れていく。

「あの……圭吾？　僕になにか料理を作れってこと？」

「ここに来ると、いつもデリバリーばかりで俺も飽きたんだ。今日は作ろうと思って適当に買い物をしてきた」

そんなことを言い出す圭吾を信じられない気持ちで見る。

「圭吾が料理なんてできるの？　信じられないけど…で、僕にも手伝えってこと？」

「あぁ、そのつもりだからリードを外したんだ。俺はサラダくらいしかできないからな」

「そう、わかった。なら買ってきた物を見て、なにができるか考えるよ」

彼がサラダを作っている間、悠斗はスーパーの袋にあった食材で炒《いた》め物を作り始める。

「なぁ…悠斗は、会社を辞めてしまって、どうしていたんだ？」

「え？　別に…それなりに楽しくやってたよ。新しい仕事を探すのに少し苦労したけど、今は個人のイラストレーターって立場で契約をもらって描き続けているんだ。本当はさ、今も新しいグッズのイラストを仕上げないといけない」

「おまえ、まさか…ここで描いてるのか？」

手際よく野菜を切っていた悠斗の手が止まる。

「そうだよ。別に文句ないだろう？　ここから逃げたりしてないんだからな。監禁されてからずっと描いてる。キャラクターの原案イラストを見てもらって、向こうの要望を聞くんだ。なんだよ！　僕だってなにもすることがなかったら、息が詰まるんだからな」

ミニトマトを洗って盛りつけている圭吾は、悠斗と目を合わせることもない。

強がる悠斗の言葉を聞いて、圭吾が痛々しい目をした。

「別に怒ってない。これからは、堂々と描けばいい」

「そう。わかった」

そんなときの彼は、以前の優しい彼に戻ったような錯覚を悠斗は覚えることもある。

自分を娼婦みたいに扱う彼が、まるでどこか無理をしているように見えることもあった。

「今は、どんな絵を描いているんだ？」

「え？　見たいの？」

悠斗は包丁を置いて、自分のスマホに保存したイラストや文具の写真を見せた。

「へぇ、このカモノハシの絵の弁当箱、見たことあるな。うちの部の女子社員が持っていたよ。新進気鋭のイラストレーターがデザインしたって言ってたけど……まさか」

「僕だよ。正直、仕事を辞めたときはもう二度と絵の仕事はできないって失望したけど、結局はフリーになっていっそう自由にイラストを描けているから、僕にとっては幸運だった」

「仕事を辞めたときに…失望しただって？　どういう意味だ？　悠斗は、まんまと俺から金を奪って消えたんだから、歓喜してたの間違いじゃないのか？　おまえが結婚詐欺師なら、そんなガツガツ働く必要もないだろう？」

「っ……あぁそうだな。圭吾の言う通りだよ。僕は結婚詐欺師だから、ガツガツ働く必要なんてないんだ」

「なぁ悠斗、俺に隠していることがあるなら話せよ」

強引に問いただすのではなく、優しい声音で問われると、弱い自分がすべてを白状してしまいそうになる。

「隠してることなんて別にないさ。僕は圭吾を騙して消えた結婚詐欺師なんだ」

何度訊いても悠斗からは同じ答えしか返らなくて、圭吾はため息をついた。

「もういい。悠斗…土曜の晩、外に食事に行こう。悠斗もずっと室内にいたら息も詰まるだろう？」

その提案を聞いて、絶対に危険だと悠斗は思った。

いつまた熊谷に見つかるかもしれないのだから…。

そうなれば、なんのために圭吾から身を隠して離れたのかわからなくなる。

「なにそれ。まだ学習してないの？　相変わらず圭吾はおめでたいね。僕を外に連れ出すなんて無謀だよ。だって、逃げるかもしれないんだから、やめておいた方がいい」

その返事を聞いて圭吾は手を止めた。

「俺と一緒にいるときに、逃げられるわけがないだろう。それに、逃げようとしたら罰を与えるつもりだから…いいな」

「いやだ。外には行きたくない。誰にも会いたくないんだ。だから、ここでいい」

かたくなに外出を断る姿を見て、圭吾は不審な顔をする。

悠斗が発した、『誰にも会いたくない』というセリフから、ようやく気づいた。

「まさか、悠斗…おまえ、まだ例の熊谷って借金取りにつきまとわれているのか？」

悠斗はわかりやすく息を飲んで目を見開き、すぐに圭吾から顔を背ける。

「違う！　そんなわけないだろう…違うよ！」

震える身体や声を懸命に隠そうとする異様な態度は、圭吾の疑心を深める。

「おまえが逃げたのは俺からじゃなく、熊谷からだったんじゃないのか？」

涙がこぼれそうになったけれど、悠斗は奥歯を嚙みしめてこらえる。

今、彼の同情につけ込むみたいに泣くわけにはいかない。

「悠斗っ、どうして黙っている？　本当は三年前、おまえになにがあったんだ？」

今はただ、わざと彼に嫌われるように仕向けて、離れてもらうしかない。

「違う。何度も言ってるだろう？　そんな男は関係ない。僕は結婚詐欺師なんだから、単にお金が手に入ったら圭吾に用はなくなったってことだよ」

一貫して自分は結婚詐欺師だと言い張る態度と暴言に、圭吾は顔を歪めた。

それでも、気持ちを落ち着けて目の前の細い肩を抱こうとしたが、それさえも悠斗は邪険に叩き払った。

パン…という乾いた破裂音が痛々しい。

「悠斗…そんなに俺がいやか？　触れることさえ拒絶するこほど、俺の存在はおまえになにも残せなかったのか？」

真実を語らない悠斗と、その態度に絶望して嘆く圭吾だったが、悠斗はどうしても自分が消えた理由は言えなかった。

強姦されたことを知られたくなかったからだ。

それにもう、あの忌まわしい過去は、自分の記憶の奥底に沈めて完全に葬り去った。

二度と思い出したくはない。

今、自分が圭吾の傍にいるのは、抱かれることで罪を償うためだった。

この関係に、二度と恋愛感情を持ち込んではいけない。

そうすればまた、離れられなくなる。

このまま自分が彼の傍にいれば、いずれ熊谷がここを嗅ぎつけて脅しに来るだろう。

圭吾がゲイだと公開されて、これ以上、迷惑をかけるわけにはいかない。

彼を守るためにも、だから本心は言えない。

この身体で借金をすべて精算したら、ここを出ていくためにもなにも話してはいけない。

「なぜなにも言わない？　なにかわけがあるなら話してくれ！」

もう、こんな汚れた僕のことは忘れて欲しい。

前途洋々の圭吾には、自分もろとも地獄に堕《お》ちる必要なんて一切ないんだから。

一刻も早く、愛想を尽かせて……！

「もういいよ。何度もしつこいし。圭吾って本当におめでたい人だね。いつまでも僕に執着して、正直ちょっと気持ち悪い。さっさと別の相手を見つければいいのに、怖いよ」

圭吾は感情のままに、キッチンテーブルを叩いた。

「もういい！　料理はお終《しま》いだ。来い！」

暴力的な力で腕を掴まれた悠斗は、これでいいんだと自虐的に笑った。


寝室に押しやられると、いきなり脱げと命じられた。

あきらめた顔で従順に従うと、圭吾の表情がまるで傷ついているかのように歪む。

「どうしても言わせてやる。本当のことを話すまで、今夜はおまえを嬲ってやるよ」

圭吾はクローゼットの中から、怪しげな箱を持ち出してくる。

「ここでおまえを躾《しつ》けるために、いろいろ用意しておいたんだ」

中から複数のピンクローター、バイブレーター、他には手錠や枷《かせ》などが出てきた。

過去に一度も、こんな玩具《がんぐ》で嬲られたことはなかった。

「逃げられないよう、おまえを縛ってやるよ」

そこまで圭吾を追いつめているのかもしれない。

「望むところだ。そういうの、結構面白そうだね」

挑発的に笑うと、圭吾は悠斗の身体を縛り始めた。


寝室にあるベッドの上で、悠斗は全裸で拘束されている。

それは少々無体な体勢だったが、巷では『M字開脚縛り』といわれているものだった。

手錠がかけられた両手は万歳の形でベッドヘッド側の左右のポールに繋がれている。

さらに太腿にも専用の太い革ベルトが巻かれ、それも両足を広げる形で同じようにヘッド側の左右のポールに、長めの鎖で繋がれていた。

「…ぅ、ぅう…ぁ。いやだ。見るなっ…いゃぁ…」

なんとかしてピンクの乳首やペニス、後孔を隠そうとして悠斗は身もがくが、もじもじと半勃起のペニスを揺らせているようにしか見えなくて男は笑った。

「ふふ、残念ながら、おまえのエロい乳首も貪欲な孔も、今から奥の奥まで開いてじっくり見てやるから」

「そんな、最低っ…だ。見るな。見ないで…ぁぁ…いやぁ…」

恥部のすべてを明け渡すような拘束方法では、悠斗にはもうなに一つ隠せるものがない。

だが、悠斗への辱めはそれだけではなかった。

「どうだ？　蛙《かえる》みたいに開かれて、充分恥ずかしいだろう？　今のおまえは雌犬以下だな」

「っ……ぁう」

圭吾は卑下た言葉で嬲りながらも、さらに悠斗の身体に異物を装着していく。

それは、いわゆるピンクローターと呼ばれる振動する玩具で、悠斗の両乳首と半立ちの陰茎の根本に、黒いビニールテープで肌に貼《は》りつけられる。

ローターの先端には三センチほどの柔軟な突起が出ているが、これがレシーバーの働きをする、最新式のコードレスだ。

「いや、よせ！　やめろって。こんなの…悪趣味だ。変態っ」

暴言に憤怒した男は、ペニスの根本をあえて強めにテープで巻き、射精を阻んだ。

「あぁ、そうだな。変態上等。でも安心しろ。おまえも愉しめるようにしてから、徹底的に嬲り倒してやる」

そう言った圭吾は、さらに催淫剤入りのローションを後孔にたっぷりと塗り込んだ。

「ふ…ふぅ、あ…ぁぁっ…そこだけはだめ。やぁ、そんな奥まで…ぁ、熱い、熱いぃぃ…」

「なに言ってる。ここがメインだろう？　見ろよ、おまえの下の口が、物欲しそうにパクパクしてるぞ」

「うそ、嘘だっ…そんなこと、してな…あぁ…ぅ」

「本当さ。でも安心しろ。全部、撮影しておいてやるから」

「いやっ、そんなひどいこと…しないでっ…ぁうぅ…ぅ、奥はだめ、塗らないでぇ…ぁぁ」

圭吾は孔の奥の奥まで指を三本も埋め込んでローションを塗りたくる。

それからローターを突っ込み、さらに足側のベッドポールに小型のビデオカメラを固定すると、撮影を始めた。

両手両足をM字に開かれてベッドに鎖で繋がれ、両乳首、ペニスには黒いテープでローターが固定されている。

孔にももちろん、ローターが奥まで埋められていた。

「さぁ、録画が始まったぞ。いいか、もし今度おまえが俺から逃げたら、この映像をネットに流してやる。おまえのいやらしい孔の奥まで丸見えだから、さぞかし卑猥だろうな」

「あぁ…そんなこと、お願い、やめて。圭吾は…最低だ……やめて…ぇぇ」

「そうだな。俺は最低だ。でも、本当に最低な奴は悠斗だろう？　でも…なかなかやらしい画《え》が撮れそうだな」

圭吾はローターのリモコンスイッチを手にすると、それを愉しげにもてあそんでみせた。

「さぁ、まずは乳首からだな。で、おまえはどっちの乳首が好きだった？」

悠斗は唇を強く噛んで、顔を背ける。

「まぁいい。すぐにわかるさ。そうだな…確か、こっちだったか？」

ブ…ンと低い音が鳴って、右の乳首に貼られたローターが動き始める。

「はあああっ…」

小型なのに泡を噴くほどの振動に見舞われて、大きく揺れた手足に繋がる鎖がガシャンと鳴った。

ローターに押しつぶされていた乳頭にしだいに血が集まって肥大し、グンと頭をもたげる。

「知ってるか？　皮膚は張りつめるほど敏感になるんだ。それは乳首の皮膚も同様みたいだってこと。自分の身体で体感する気分はどうだ？」

「ひあぁぁあっ……やめっ…それ、止めて。お願っ…」

「おまえがさっき、望むところだと言ったんだぞ？　こんな序盤で音をあげるな。つまらない」

無慈悲にも、今度は左のスイッチまでもがオンにされる。

即座に左乳頭もビンビンに尖って、一気に感度が増して敏感にさせられた。

「はぅっ…いやぁぁあっ……だめぇ…そっち、だめ。やぁぁ…感じる、感じるぅぅ…」

ローターに乳首を嬲られる感覚は、まるで無数の蟻《あり》が乳首にたかって蜜でもすすっているかのようだった。

壮絶な快感に襲われ、悠斗は繋がれた不自由な体勢のまま淫らに身をくねらせる。

「おまえは左が感じやすかったよな？　それで…言えよ、今、どこがどんな感じなんだ？」

「あぁ…ぁ、左は、お願い……だめぇぇ」

「ちゃんと言わないと、ローターの強度をマックスまで上げるぞ」

「いや！　よして。それは…絶対だめ、死んじゃうから、ぅぅぅっ…お願い、許してぇ…」

「なら言えよ。ほら早く。でないと…こうだ！」

ブブブ…。

振動が、一段階増した。

「あふぅぅ！　くぁぁ、だめ…もうあげないで。言う、言うからぁ………僕の、ち…乳首が、ぶるぶるしてる…」

「それじゃ、足りないな。他には？」

「あぁ…ぁ、だめ、だめ、感じるっ。もぉ、あげないで。あぁぁぅっ…」

「早くしないと、まだまだあげるぞ」

「言う…よ。ち…乳首が、すごくおっきくなってる。それで、ピンクのを…押し返してる」

「その通りだ。いっそのこと、もっと頑張ってみろよ。上手く乳首を尖らせられたら、貼られてるテープが取れるかもしれないぞ」

「そんな…できない。無理だよ…」

「乳首に集中してみろ。できるさ…ほら。いい子だ悠斗」

「ぁぁ…ぁぁぁ…ぅ、く…っ」

悠斗は泣きながら、ピンクローターに嬲られ続ける乳首に全神経を集中させる。

「できないなら、もっと強度をあげてやるよ。ほら、これで……マックスだ」

「はぁぅぅ……っ」

猛烈な振動が乳首に襲いかかって、悠斗は弓なりに身体を反らせた。

その瞬間、ビンビンに勃起した乳首に貼られたテープの片側が剥がれて、真っ赤に突き立った乳首があらわになった。

「ひあぁぁ…」

「外れたぞ。ちゃんとできるじゃないか悠斗。おまえの乳首は乳輪ごと勃起して、テープを弾き飛ばしたんだ。でも、やっぱり…こうしてやる」

だが、圭吾はもう一度それを強めに貼り直そうとした。

「あ…！　どう…して？　もう…外してくれるんじゃ…あぅぅっ…そんな、また。だめぇ」

尖りきった乳頭が、再びローターにつぶされ、ボリュームが最強になった振動の餌食《えじき》になってしまう。

「ひっ…ひぃぃぃ…だめ、だめぇぇぇ…乳首、乳首が…壊れちゃ…ぁぁ、それ、だめぇ」

「おい悠斗、おまえは根性がなさすぎるぞ。ほら、今度はこっちだ。いくぞ」

ブン…と新たに音が鳴り、今度はペニスに巻かれたピンクローターがうなり出す。

すでに乳首への攻撃で完勃ちして、根本の黒いビニールテープがペニスに食い込んでいた。

「ひぐぅぅ…！　ぁ、うぅ、そこは、絶対だめ、だめぇぇぇ。取って。それ…取ってよぉ」

「心配するな。ちゃんと固定のビデオカメラで撮ってる」

「やぁ…違う。違うよ。撮るのはいや、いや。ローターを…取って…お願いっ…」

「冗談言うなよ。お楽しみは、まだまだこれからなのに」

ローターの振動でペニスには全身の血が集まってきて、鈴口からは我慢汁がコプコプと卑猥な音を立てんばかりにあふれ出した。

「あぁ、狂う。もう…こんなの……やめて、お願い……」

「なんてはしたない雌犬だ。俺の許しもなくよだれを垂らした奴には、もっとお仕置きしてやる。ほら、今度はここだ」

最後に残ったのは、後孔に深く埋められたピンクローターだった。

「やだ。やだやだっ！　やめて、お願い。なんでも言うこと聞くから。そこのは動かさないで。お願い…あぁ、だめぇ、そこだけは許して、許して……」

「だめだ。いやらしい駄犬には躾が必要なんだ。ほら、いくぞ」

ズズズズ…ズゥン…。

身体の奥からくぐもった音が漏れると、悠斗の瞳がカッと見開かれた。

限度を超えた、傍若無人な玩具が恐ろしい快感を悠斗に与えて正気を奪っていく。

「ひぎっ…あ、ぁ、あ…ぁぐっ…っぅぅぅっ…」

両乳首とペニス、そして後孔の四つのローターが、うなりをあげて悠斗に襲いかかる。

気が狂いそうな喜悦に見舞われ、悠斗は縛られて不自由な身体を大きく揺すってもがく。

だが、いくらガシャガシャ鎖が鳴っても逃れることは叶わず、むしろ暴れることでローターの当たる角度が自在に変わって悠斗をもっと喘がせる。

「ひぎっ…ぁぅぅ…ふ、ぅぐぅぅ…」

淫らな雌犬の痴態は、主をひどく悦《よろこ》ばせた。

「ふふ。たまらないな…」

そのときだった。

圭吾の携帯が鳴って、彼は舌打ちして相手と少し話をしたあと、悠斗にこう言い渡す。

「悪いが、少し仕事で出かける。二時間ほどで戻ってくるから、いい子で待ってろよ」

「ぁぁ。そ…な…嘘だ…なら、これ、外…してぇぇ」

ベッドから下りた圭吾は、箱の中から革とプラスチック製の猿ぐつわを持ち出して、それを悠斗に噛ませた。

「いや、いやぁ…ぅ。ぐぅぅふ。ふぅぅ…ふ、ふぅ…」

「はは、いいなぁ。これだと文句は言えないし、でも喘ぎは殺せない。それに、おまえが感じて喘ぐほどよだれも垂れる。口を閉じられないから喘ぎ放題だな。さぁ、いい子で待ってろ」

無情な圭吾が出ていったあとも、ローターに責められてのたうちまわる悠斗のすべてをカメラは延々と撮影していた。

独りにされて気づいたが、ローターは時折、自動で振幅を変える仕組みになっている。

細かい振動であったり波のような振動になったり、さらには叩くような衝撃を与えたり。

それが変わるたび、悠斗はびくんと身体をしならせ、汗とよだれをピローにまき散らす。

乳首は痛々しくもテープの中で充血して勃起し、陰茎はふくれあがって先端を赤く染め、根本のテープを食い込ませる。

「ふぅ、ふ…ふ…。ぐぅぅ…」

何度も絶頂感が訪れるが、結局は透明なしぶきがわずかに飛び散るだけで、悠斗は、いわゆる空イキを何度も味わわされた。

拷問より、もっともっと壮絶な苦悶《くもん》が悠斗を翻弄する。

すでに精神は崩壊して放心状態だったが、電気が走るたびに身体はびくびくとしなった。

「悠斗、今戻ったぞ。お待たせ…」

寝室のドアが開き、スーツを着込んだままの圭吾が姿を現した。

「あぁ、すごいな。枕がベトベトだ。こんなによだれをこぼして。なんて淫乱な雌犬だ」

ずっと口に巻かれていた猿ぐつわを、圭吾はようやく外してくれる。

「どうした？　ほら、ずっとローターに遊んでもらって、気持ちよかったろ？」

「っ…ぅう。圭吾お願い…なんでもするから。もう許して…僕を、ゆ…あ！　ぁ…ひぐっ」

定期的に訪れる叩くような振動に打たれて、悠斗は白目を剝いて顎を反らせた。

「しょうがないなぁ。今度は俺が相手をしてやるよ。ほら、これはどうだ？」

ようやく解放されるのかと思ったが、圭吾は巨大なペニスを模《かたど》ったコードレスのバイブレーターを手に近づいてきた。

いきなり振動を最強レベルにすると、それで悠斗の頰を嬲るように撫でる。

「あぁあっ…こんな。強すぎる！　無理だよ。やめて…こんなの、どうするの？　圭吾ぉ」

「これで遊ぶのさ。こうやって乳首のローターに当てると、いい具合だろう？　ほら」

「や、やめて…お願い、ぁ、だめ、だめ……ぅ、ぁ！　当たる、当たる…ひぎぃぃっ！」

カカカカッと、乾いた音が鳴り響いた。

乳首を嬲り倒しているローターにバイブレーターが当たると、波動のような大きな振動が起こって、完全に勃起した乳首がローターに揉みくちゃに嬲られる。

「すごいな、乳首が勃起してまたローターを浮かせてる。本当に嬲りがいのある乳首だ」

「あぐっ…ひぅぅぅっ…だめぇ、だめぇ…お願い…乳首…許して、許してぇぇ…はぅっ」

「わかったよ。なら、こっちにしてやる…ほら、おまえのペニスにやるよ」

「だめ、絶対だめぇぇ…死んじゃう、死んじゃうよぉ…だめ、だめ…ぁぁ、当た…ひぐぅぅう！」

陰嚢《いんのう》からペニスまで、押しつけるようにバイブレーターの制裁が加えられた瞬間、悠斗は全身を痙攣させて失神してしまった。


頬を叩かれたことで正気に戻ったとき、すで悠斗の両乳首からローターは外されていた。

ホッとしたが、まだ陰茎の根本は縛られている。

しかも圭吾は自分の足の間に腰を据えていて、今にも挿入されそうな位置に座っていた。

「気がついたな。ほら、まだだ。これからが本番なのに、早々と音をあげるなよ」

そう言ったとたん、いきなり圭吾が濡れた孔に剛直を差し込んできて、大きくのけぞった。

「あぁぁぁっ…そ…な…いきなりは…ぁぁ」

「さすがにキツぃ…でも、痛くはないだろう？　おまえの中はすでにローターでどろどろだからな。ほら、いい具合だ」

グンと腰を突かれると、ひっ…と喉が鳴って、またのけぞった。

でも、いつもと違う違和感がある。

「あ、なに？　どうして…あ！　まさか…ぁぁっ…まだ…中に！　嘘…ぃぎっっ」

突然、中でローターが動きだして、また抜かれていなかったことを知る。

「くっ…これは、さすがに壮絶だな。かなりの振動だ…っ」

ローターを中に埋めたまま、圭吾が本気で動きだした。

「抜いて、抜いて…ひぅぅ…ぐぅ…ぅふ…ぁふ…変になる、変に…ぁぅぅ」

「心配するな。今入っているローターは紐つきだから、あとでちゃんと出してやる」

圭吾が腰を打ち崩すと、反らされた胸の紅く充血した乳首が尖ったままぷるぷる揺れる。

「誘うなよ。しょうがないな…あんまり物欲しそうだから、こうしてやるよ。ほら！」

圭吾は親指と人差し指で輪っかを作ると、勃起しきった乳首をピンと弾き飛ばした。

「ぁぐぅ…！」

面白いように悠斗の身体も跳ねて、圭吾は腰の律動に合わせて何度も乳首を弾き倒す。

「ひぐっ。あぎぃ……だ、め…乳首、ばっかりは、だめぇぇ…もぉ、取れちゃ、からぁぁ」

「そうだな。取れたら困る。なら、優しくしてやるよ…これはどうだ？」

圭吾はシーツの上に放り出されていたピンクローターを再び手に取ると、乳首をその二つで器用に挟んで揉みしだく。

「あぎぃぃぃ…！　ひうぅぅ…ぅぐ」

法外な快感に見まわれ、悠斗が白目を剝く。

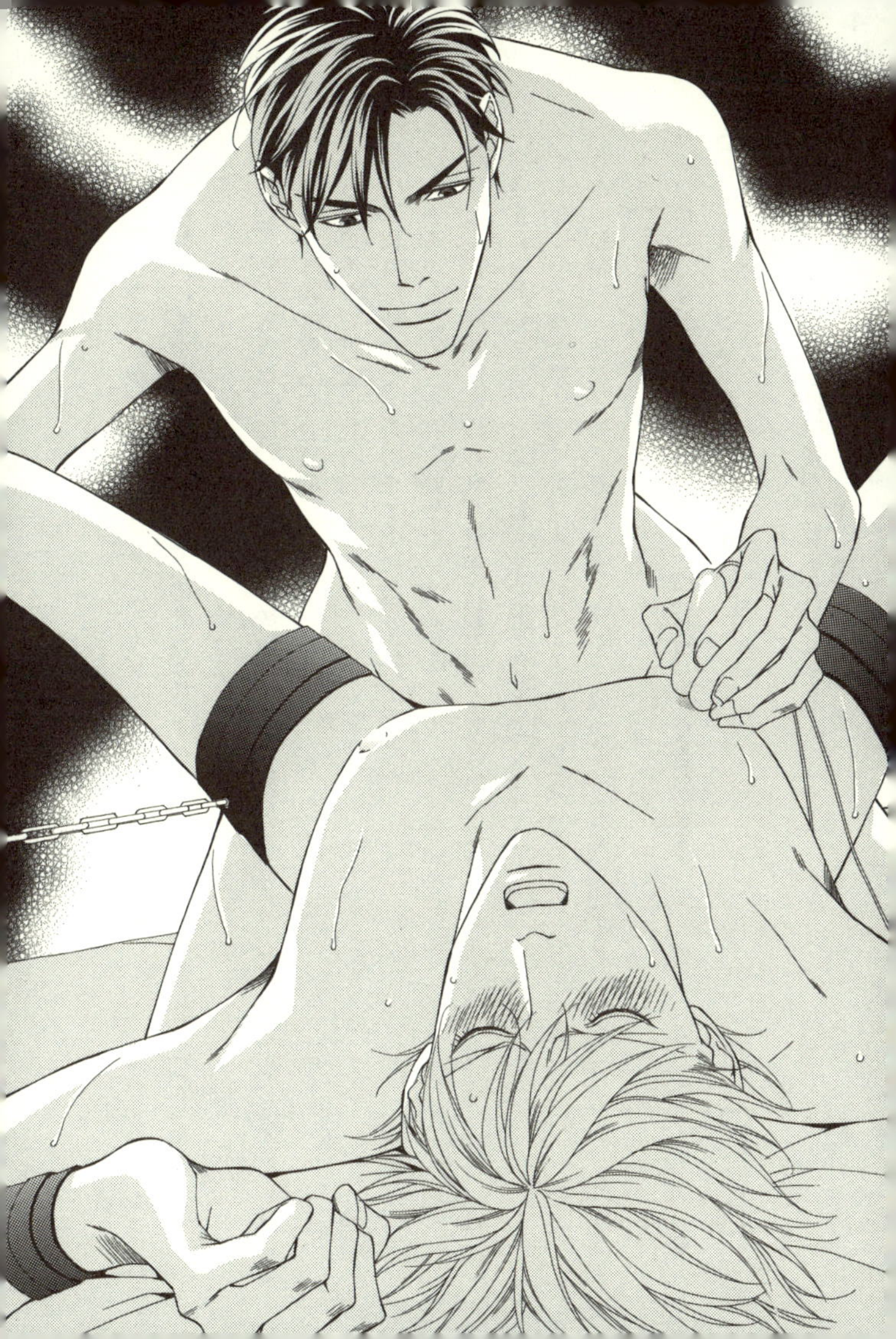

「よさそうじゃないか。ほら、もっとだろう？」

圭吾は軽快に腰を突きながら、左右の乳首をローターの先端でつぶしたり転がしたりを繰り返す。

充血しきった乳首は、二つのローターの攻撃から必死で逃れようと頭を振りたくるが、すぐに摑まって挟み撃ちに合う。

「ほら捕まえた。可愛い乳首だ…こうしてやる」

強めに乳首を挟むと、そのまま上に扱きあげる。

「ひぁぁぁっ…だめ、それ…いやだ、ぁぁ…」

乳首と後孔を同時に責められ、気が狂わんばかりに悠斗は泣きじゃくる。

堰《せ》き止められたままのペニスは、蜜を吐き出したくてこちらも泣き濡れていた。

「そんなに泣くなよ悠斗。でも、本当のことを言ったら、イかせてやる」

「あぁ、お願い…剝がして。それ、テープを…取って。お願い、イきたいんだ。もぉ、死んじゃう」

「いいぜ。でも、ちゃんと雌犬らしく、おねだりできたらな」

「言う。言う…から、なんでも言うから」

「よし。なら言わせてやる」

圭吾は悠斗に密やかに卑猥な言葉を耳打ちする。

「感じやすい身体だと大変だな。ほら、そろそろテープを外さないと、おまえのペニスは爆発するぞ。さぁ、言ってみろ」

「ひぐっ…あぁぁ…だめぇ、もぉ乳首、弾かないで。やぁぁ…」

再び乳首を指先でピンと弾かれた。

「なんとでも言えばいい、そして負けを認めろ。おまえは生涯、俺の雌犬だってな」

「あぁ…ひどい、この…鬼畜…っ」

「別にいいんだぜ？　でも、ずっと外せないままだ」

「そんな…、いやだ」

悠斗は観念する。

「あぁ…ぁ、ぅぅ…お願い、もっと、僕をいじめてください…もっと、お願い」

「違うだろう？」

「もっと、僕の…破廉恥な……乳首を、いじめてくださ…い」

「そうだ。いい子だな。今度はこう言うんだ……いいかよく聞けよ」

新たな淫語が、熱い呼気と同時に吹き込まれる。

圭吾はもはや正気ではなくて、なにかの魔物が彼を突き動かしているようだ。

「あぅぅ…僕は、圭吾の忠実な雌犬です。一生、繋がれたまま逃げません…ぃや。だめぇ」

圭吾はようやく満足したのか、手にしていたローターを放り出すと本気で動き始めた。

壊すほど激しく悠斗の尻を突き、腰をまわしては中のローターごとかきまわす。

ローターの音と破裂音が淫らにシンクロして、圭吾の狂気をさらに煽った。

襞をもてあそぶようにしてローターが後孔の中で動きまわると、悠斗はうわごとのように
なにかをつぶやきながら泣きじゃくった。

四肢を開くように鎖で繋がれ、尻を振って全身を淫らにくねらせる様子は壮絶に卑猥で、
男を満足させる。

「そろそろ外してやる。ほら…」

ペニスの根本を食い締めるテープを、圭吾はようやく剝がした。

「あぁぁぐ…」

その瞬間、悠斗の雄が呆気なくも一気に弾ける。

射精は延々と続いて、何度も沈んでくる雄の律動に拍車がかかった。

「悠斗、口を開けろ」

命じられている意味がわからないまま、それでも従うしかない…。

唐突に埋めていたものを抜き去ると、圭吾はそのまま悠斗の顔面めがけて勢いよく射精した。

「なっ！　やっ…やめっ…あむっ…うぅぅ…」

「こぼすなよ。ちゃんと飲むんだ！」

顎関節《がくかんせつ》を摑んで大きく口を開かせ、幾度にも分けて濃い精液を注ぎ込む。

「んぐぅ……ぅ」

口の周りに散った白濁さえも舐めることを強要したあと、圭吾は言い放った。。

「覚えておけよ。おまえは俺のものだ。なにがあっても絶対に手放さない。俺は…二度とおまえを失うのはごめんだ！」


独りよがりで乱暴なセックスのあと、圭吾は手足につけられた拘束具を外してくれた。

「おまえにひどいことをしたのは謝る。でも、悠斗が悪いんだ」

わかってる。

僕が圭吾を、わざと怒らせたからだってこと。

「へぇ、圭吾は僕に責任転嫁するんだ？　まぁ、別にどうでもいいよ」

投げやりな態度を取ると、圭吾はわざとらしく舌打ちをした。

手錠で拘束して無理やり抱いたのに、圭吾の方がいらだって傷ついているのを見て、悠斗は少しだけ救われた気がしていた。

悠斗の言動に怒りを覚えて思わず感情的に抱いてしまったが、圭吾は未だに悠斗が脅されていることを疑っているようだった。

「早くシャワーを浴びてこい………明日、また来るから」

憂鬱と怒りと疑念を身にまとったまま、彼は部屋から出ていってしまった。

わざと彼を怒らせたのに、こんなに情けなくて哀しい。

でも、どうしようもなかった。

嘆きの吐息を吐き出すと、悠斗はシャツだけを羽織ってバスルームに向かう。

そのとき、玄関チャイムが鳴った。

「え？　なに…圭吾、だよな？」

なにか忘れものでもしたのかと思い、急いでインターフォンに出て…悠斗は絶句した。

「よぉ、久しぶりだな。会いたかったぜ」

「………熊谷…さん」

信じられなかった。

どうしてこの部屋がわかったのだろう？

「そう驚くなって。実は俺もこの近くに住んでるんだが、最近このあたりで例の御曹司を何回か見かけたんだ。で、今日たまたまこのマンションの前を通ったら、エントランスから奴が出てきたってわけさ」

「そんな……だけど、どうして？　部屋まではわからないはずじゃ…？」

全身から血の気が引いていき、手足が一気に冷たくなる。

「そりゃまぁ。俺の運がよかったみたいだな。このマンションのレターボックスに、名前がない部屋が一つだけあったんだ。で、チャイムを押してみたら…ふん、スゲェ偶然だな」

熊谷の形相が不敵な笑みに変わるのを見て、絶望するしかなかった。

「もう、関わるのはやめてください。僕と彼はなんの関係もないんです」

「嘘つくなって。関係ねぇのに、なんであいつがおまえのいるマンションに入っていくんだ？　なぁ、いいから携帯の番号を教えろよ。また連絡してやるよ」

「そんなの…教えるわけないでしょう！　いい加減にしてください」

「なら、そうだな……あいつの勤めるホテルに行って、直接聞こうか？」

悠斗はこれまで、熊谷に見つかることを恐れて逃げ続けていたのに…。

これまでの苦労もすべて台無しだった。

「わかったよ。電話番号…教えるから」

淡々と番号を告げると、キッチンに置かれていたスマホがすぐに鳴った。

「ふん。嘘をついてないようだな。で、俺の番号もわかったところで、ちゃんと登録しておけよ。まぁ、俺もすぐにでもおまえと再会を祝したいんだが、しばらく忙しいんだ。二週間ほどしたらまた、連絡するから、ゆっくり金の話でもしようぜ。じゃあな、悠斗」

もうわかっている。

きっとまた、熊谷に金を工面しろと脅されるのだろう。

とにかく急いでここを出ていかなければ、また圭吾に迷惑がかかる。

でも…首に巻かれたままの黒革の首輪のせいで、マンションの部屋から逃げることはできなかった。

「どうすれば………すべてを話してしまった方がいいんだろうか。でも…あのことだけは、絶対に知られたくない」

男たちに輪姦された侮辱的な記憶。

悠斗はしばらく、熊谷の出方を待つしかないと結論づけた。

【7】

あれから一週間、熊谷からの連絡は一度もない。

男に所在が知られたことは悪夢であって欲しいと願ってみたが、そうはいかないようだ。

熊谷の執拗さは半端ないことを、哀しいかな悠斗は熟知していた。

そして圭吾は、玩具のように悠斗を抱いてからというもの、少しずつ変わり始めている。

今までひどく懐疑的で乱暴だった態度が今は影を潜め、ずいぶん穏やかに感じられた。

まるで、悠斗を憎むのをやめたかのように思えてしまい…。

今夜も、さながら蜜月の新婚夫婦みたいに一緒に料理をして、甘いセックスをした。

でも悠斗はわかっている。

熊谷に所在がバレた以上、こんな夢のような暮らしは長く続かないこと。

自分が圭吾の傍に居続ければ、結局は圭吾にまで迷惑がかかる。

かといって、また彼のもとを去れば、今度はもっと深く傷つける結果になるだろう。

でも今回、悠斗自身も圭吾と離れがたい思いが強く、ずるずると現状に甘んじていた。

「…圭吾、先にシャワーを使いたい」

何度も愛された肌はすっかり薄紅色に染まって、互いの汗や愛液にまみれていた。

「一人で歩けるか？」

「うん…」

甘い倦怠感《けんたいかん》をまとった身体で悠斗がシャワー室に向かったあと、圭吾はベッドに身を起こして電話をかける。

「俺だ…例の件、進捗はどうだ？　まだ奴の居所を特定できないのか？」

いらだった声で訊くと、相手からは「まだ調査開始から五日目です」と苦笑混じりの返答。

「とにかく急いでくれ。調査にどれだけ費用がかかってもかまわない。頼むぞ」

強い口調で命じて通話を終えたとき、サイドチェストに置かれた悠斗のスマホが短い音を鳴らした。

少し迷ったが、圭吾はそれを手にする。

着信相手の名前を見ると、それは予想通り熊谷だった。

「やっぱりな」

少し前、熊谷から脅されていたのかと問いただしたとき、悠斗は異様に感じるほど必死に否定したが、逆にその態度が違和感を抱かせた。

そこで圭吾はある仮説を立てた。

三年前の悠斗の失踪には、熊谷がなんらかの形で関わっているのではないか…ということ。

それに、悠斗が必死でなにかを隠しているように見えるのに、それがなにかわからない。

しばらくすると、悠斗のスマホは留守録に切り替わって、やがて静かになった。

バスルームの動きを気にしながら、圭吾が無断で録音を再生すると、聞こえたのは無骨な男の声。

『よぉ悠斗。こっちがようやく落ち着いたから、近いうちに会おうぜ。積もる話もあるしな。また電話する。今度、電話に出なかったらどうなるかわかってんだろう？　じゃあまたな』

圭吾は今の留守録で、悠斗がまだ熊谷になんらかの形でつきまとわれている事実を知った。

「これで、悠斗が三年前に俺のもとから消えたのも、熊谷が関わっていた可能性が濃くなったな」

だとすれば、あの男からなんとしても悠斗を護らなければならない。

今度こそ悠斗を護ると、圭吾は心に決めた。


圭吾が自分と入れ違いでシャワーを浴びている間に、悠斗は留守録を聞いた。

きっと、また金の無心に違いないが、被害に遭うなら自分だけでいい。

熊谷とは、なんとか話をつけなければ…。

悠斗はなにか上手いやりようがないかと思案する。

だったら、そうだな…自分は今、それなりに収入があるんだから、少しずつでも熊谷に金を渡し続ければ、圭吾まで巻き込むことはないだろう。

それに、僕自身もずっと彼の傍に居続けることもできる…。

あまりにうしろ向きな策しか浮かばなくて、悠斗は両手で頰をパンと叩いた。

「そんなんじゃだめだ！　僕だって、ずっと脅され続けるなんてごめんだから、怖がらずに戦わなきゃ！」

熊谷に一矢《いっし》報いるためには、いったいどうすれば…。

ふと、悠斗はなにかを思いついた。

「そうか！」

急いでスマホを手にすると、ある通販サイトを開いた。


その翌日、なぜか圭吾は唐突に悠斗の首輪を外してくれた。

だがその代わり、外国のコインがペンダントトップになったネックレスをかけてくれる。

「これ、なに？」

金色のネックレスは、ずっしりと重い。

「シャネルのパリカンボンだ」

「え？　高いの？　……じゃなくて。これ、なんなのって訊いてる」

「別に意味はない。まぁ、少しは悠斗のことを信じることにしたんだ。だから首輪は外してやる。その代わりにこれをつけておけ。言っておくが、これも簡単には外れないからな」

「ふ〜ん。これ…GPSがついてるんだろう？　逃げたら居所がわかるとか？」

「違う。裏面に俺の名を彫らせたんだ。ようするに、おまえが俺の所有物だと一目でわかるネームプレートってことだ」

それを聞き、どれだけ圭吾の自分への所有欲が強いのかを改めて思い知る。

でも不思議と不快感はなく、不謹慎にも嬉しいとさえ思ってしまった。

今でも彼が自分に執着してくれているのが嬉しくて、そして…哀しい。

なぜなら、熊谷がこの街にいる限り、自分は圭吾と共に歩む未来を見いだせないからだ。

「わかった。外さないよ。それからあの、時々外出していい？　マンションの近くだけだから。スーパーとか画材屋とかなら、いいだろう？　絶対、逃げたりしないから」

いつ熊谷に呼び出されるかわからないから、外出許可はとっておかなくては。

「…わかった。おまえを信じるよ。でもスマホは持っていけよ」

「まぁ、言われなくても普通は持って出るけど、改めてどうして？」

実は圭吾は、悠斗のスマートフォンのGPS機能を使えるよう、密かに設定しておいた。

これなら自分の携帯から、いつでも悠斗の居場所がわかる。

「俺が電話したとき、すぐに出られるようにしておけってことだ。いやなら、ずっとこの部屋にいることになるぞ」

「わかったよ。出かけるときは、ちゃんと持っていくから」

「俺から逃げるなよ」

「逃げないって。だって、僕は圭吾の所有物なんだろう?」

悠斗はコインのペンダントトップの裏面を向けて、そこに彫られた圭吾の名前を確認する。

優しい彼を騙すことはつらかったが、すべては彼を護るためだと気持ちを引き締めた。

そしてその日の夜、悠斗のスマホに再び連絡が来た。

熊谷からの呼び出しだった。


翌日、悠斗は指示された通り、午後二時前にマンションの下で男を待っていた。

とにかく今日は、上手く熊谷と話をつけなければならない。

二時を少し過ぎる頃、メルセデスベンツSクラスの最高級車が悠斗の前で停車した。

「よぉ。待たせたな」

久しぶりに見る熊谷の顔に、条件反射的に虫ずが走って足がすくんだ。

熊谷と、その手下に輪姦された忌まわしい記憶は、悠斗にとって今も克服できないトラウマになっている。

それにしても、熊谷が前に乗っていたのは古いクラウンだったのに、ずいぶん羽振りがいいように見えた。

どうせ、ろくなことをして稼いでないんだろうけど…。

「元気そうじゃないか。ちょっとつきあってもらうぜ」

「話なら、近くの喫茶店に行きましょう」

自分のスマートフォンにはGPS機能がついている。

圭吾のことだから、あまり遠くに行けば居場所を追跡されるかもしれない。

「なんだ？　おまえ…ビビってんのかよ？　俺の車に乗るのが怖いんだな？」

運転席から腕を摑まれ、悠斗はびくっと肩を揺らせた。

「残念だが主導権は俺にある。だから、ゆっくり話ができる場所に行こうぜ」

どこに連れていかれるかはわからないが、逃げるわけにはいかない。

渋々と悠斗が助手席に乗り込むと、すぐにベンツは動きだした。

「すみませんが、あまり遠くには行かないでください」

GPSも心配だが、いつ圭吾から電話がかかってくるかもしれないし、ふらりとマンションに来るかもしれない。

「あぁ！　おまえ、いいこと言ってくれたぜ。ほら、貸せよ」

ハンドルを操作しながら、熊谷が広げた掌を差し出す。

「は？」

「おまえのスマホを俺に貸せ」

「っ…どうしてですか?」

「どうでもいいだろう?　俺は用心深いんだよ」

熊谷はGPS機能で追跡されることを嫌ったようで、スマホを受け取ると車をいったん駐め、恐ろしい怪力で軽々と二つ折りにしてしまった。

「なっ!　ひどいです、こんなの!」

「いいから黙ってろ」

電池や基盤が剝き出しになったスマホでは、もう誰かに連絡することさえできなくなってしまった。


その頃、勤務中の圭吾は、悠斗がマンションを出たことをGPSの座標で知った。

一週間ほど前、悠斗の携帯に残された熊谷の伝言を聞いたので予想はしていたが、事実を確かめるため急いでマンションの部屋に駆けつける。

当然、そこに悠斗の姿はなかった。

「くそっ」

正直、こんな早いとは思ってなかった。

再びGPSで追跡を試みたが、先ほどは可能だった位置情報が、なぜか確認ができなくなっている。

「どういうことだ。あいつのＧＰＳが機能していないってことか？　ちくしょう…悠斗、おまえは今どこにいる！」

悠斗が熊谷に連れ出されたことは間違いないが、肝心のＧＰＳが使えないとなると追跡は不可能だった。


一方、悠斗を乗せたベンツは三十分ほど市街地を走ってから、下町にある商業地の一角で止まった。

「着いたぜ。降りろ」

「……ここは？」

「まぁいいから降りて、こっちに来い」

事務所らしき古い二階建てビルの前に停められた車から、悠斗は無理やり降ろされる。

「ほら、中に入れよ」

「えっ！　でも、こんな…」

「積もる話もあるんだ。いいから早く入れ」

喫茶店や公園など、どこか公共の場所で話をするのだと誤解していた自分が浅はかだったと気づいたが、もう遅い。

その上、頼みの綱だったＧＰＳつきスマホも破壊され、役に立たなくなってしまった。

こんな事務所に入ったら、また熊谷になにをされるかわからないが、今さら彼に逆らえなくて従った。

ビルは年期が入っていて事務所の中は広く、革のソファーに座るよう命じられる。

「さて、おまえも俺の用向きはすでに予想してるんだろう?」

「わかりません」

あえて悠斗は、しらを切ってみせる。

「なぁ、おまえがまたあの御曹司と一緒にいるなら、少しくらいこっちにも金を用立ててくれないかってことだ」

彼は圭吾を巻き込んで、今後も金を無心するつもりらしいが、そうはさせないと悠斗は静かに臨戦態勢に入った。

ようやく雌雄を決するときが来た。

ここからが、僕にとって本当の勝負になる。

「あの…僕には今、仕事での収入があります。だから圭吾には関わらないで欲しいんです」

「ほぉ、そりゃスゲェ。で、おまえがまとまった金を俺に用立ててくれるってのか?」

悠斗は唇を引き結んで首を縦に振った。

「へぇ、ずいぶんと素直になったじゃねぇか。おまえはあの頑固オヤジとは全然違うな」

不意に父の話題が出たことで、どうしても本当のことが知りたいと思った。

父の自殺の真相。

「今のはどういう意味です？　まさか、熊谷さんが僕の父を脅して自殺に追い込んだってことですか？」

この事務所は完全に己のテリトリーでホームのせいか、熊谷はすっかり気が大きくなっているらしい。

「察しがいいな。その通りだ。おまえのオヤジは、利息が法外だと文句をつけやがったから、徹底的に脅してこらしめた。毎日、俺の仲間たちを店に連れていって払えない利息分を飲み食いした。それに一日百回はいやがらせの電話をしたなぁ。夜には店の近くでクラクションを鳴らしてやったら、最後はノイローゼになって自殺しやがった」

聞いているうちに、想像を絶する憤りが込みあげて吐き気がしてきた。

「熊谷さん、あなたのやったことは恐喝で、犯罪ですよね？　あなたは父を追いつめて自殺に追いやった張本人だ！」

「ふん、悪《わり》ぃが脅しなんてたいした罪にならねぇんだよ。おまえのオヤジが死んだってサツにパクられたことはねぇな。それにな…ここだけの話、俺は前に二人バラしてるんだ。警察ってのはマジ不甲斐ない奴らだ。殺害の凶器が出なけりゃ、逮捕はできねぇのさ」

熊谷は己が犯した過去の殺人を、まるで武勇伝のように語り始め、悠斗は度肝を抜かれる。

「………人を…殺したって、いったいどうして？」

「教えてやろうか？　実は当時、弱みを握って金づるにしてたスナックの女がいたんだ。だが俺の目を盗んで男と逃げようとしやがった。だから俺が、その男と一緒にハジキで始末してやったんだ」

殺された女性は、まるで今の自分と同じ立場だった。

「その事件…麻布の？」

「あぁそうだ。知ってるのか？」

以前、圭吾とチャップリンの映画を観たとき、近くで現場検証をしていたことを思い出した。

「男性は店で銃殺されて、女性は行方不明になっているって…まさか、あんたが？」

「あぁ俺が撃ったんだ。まぁ、要するに俺はとことんやる男なんだ。だから、てめぇも俺から逃げられると思うなよ。俺はハイエナなんだよ。おまえがあの男と一緒にいるうちは甘い汁を全部吸い取ってやる。オヤジと同じように死ぬまで搾り取ってやるから覚悟しろ」

父を自殺に追いやったのは、紛れもなく目の前にいるこの男で…。

怒り心頭に発した悠斗は、初めて感情を爆発させて熊谷に摑みかかったが、逆に頰を叩かれて押し倒される。

そして男は、組み敷いた獲物の耳元に、いやらしく唇を寄せて小声で囁いた。

「実はな。俺がおまえに執着するのは、他にも理由があるんだ。俺は女専門だったが、あのとき抱いたおまえの身体が忘れられねぇんだわ。だが心配するな。今日は優しくしく抱いてやるよ。だから、前みたいにイイ声で啼いてくれよな」

激高した悠斗は、熊谷の胸を両手で突き飛ばして逃げようとしたが、逆に腕をねじって組み伏せられる。

「おいおい、そういやがるなって。あいつなんかより俺が天国にいかせてやる。さぁ、おとなしくしろ」

「いやだ。放せっ！」

すでにGPSつきのスマホは壊されてしまって、圭吾に連絡する術はない。

絶望が悠斗を覆い尽くす。

「無理だって。観念しておとなしくしてりゃ、可愛がってやるさ。おら、服を脱げよ」

「いや、いやぁぁぁぁ！　助けて、圭吾っ、圭吾っ！」

必死で恋人を呼ぶ声は、ただ虚しく事務所内に反響するだけだった。

マンションの部屋に悠斗がいないことを確認した圭吾は、急いで管理人室に飛び込んで、エントランス付近に設置されている防犯カメラの映像を見せてもらうよう頼んだが…。

「あの…もちろん見せるのはかまいませんが、何時間も録画されてますので…」

それに対し、圭吾は即答する。

「時間は限定できます。午後二時前後の映像を見せてください」

GPS機能が麻痺《まひ》した時間に絞って確かめると、そこにはベンツに乗る悠斗の姿が映っていて、車のナンバーが読み取れた。

さらにベンツのリアウィンドウの上部に、GPSアンテナが突き立っているのも確認できる。

そのとき、圭吾はある策がひらめいた。

「そうか！　これを使えばいいんだ。すみません。ありがとうございました」

管理人室から屋外に飛び出した圭吾は、自社の広報直属のIT部門に在籍する剣持に電話をかける。

「あぁ剣持か。急ぎで頼みたい用件がある。実は知り合いが車で拉致されたかもしれないんだ。今からそのベンツのナンバーを伝えるから、車載のナビゲーションシステムをハッキングして欲しいんだ…おまえならできるよな？」

剣持は過去に、サイバー犯罪で少年院にいた犯歴を持つプロのハッカーだった。

「もちろんです部長。俺に任せてください。そのベンツの所在地を特定すればいいんですね？」

「あぁ頼む。だが、これは犯罪行為だから、ハッキングの痕跡は絶対に残すなよ」

「もちろんわかっていますよ。では、すぐに車の位置の特定を始めます」

「よかった。おまえは頼りになるな」

「はい！　部長にそう言ってもらえたら光栄です。こんな俺を雇ってくれた恩返しができる機会はそうないですからね。任せてください」

そして…わずか数分後、剣持は熊谷のベンツが停車されている場所の正確な住所を突き止めた。

電話を切ると、圭吾は車に飛び乗った。

「ありがとう剣持。あともう一ヶ所、連絡して欲しいところがあるんだが」

「はい。仰せの通りに」


事務所のソファーに悠斗を組み敷いた熊谷は、ぐっと顔を近づけるとその頬を舐めた。

「やっ、やめろよっ」

おびえる様子を堪能するように、男はほくそ笑む。

「可愛いぜ悠斗。三年前、おまえが消えた理由は、真成寺圭吾をゴシップから護るためだったんだろう？　でも、こうして再会できたんだからまた仲良くしようぜ。あいつなんかより、俺が可愛がってやるから」

「放せっ！　誰がおまえなんか、絶対にお断りだ。このっ…最低のゲス野郎！」

あまり顔色の変わらない熊谷だったが、ゲス野郎という罵声には頬を歪ませる。

「ふん。なら、おまえが俺に従順になれるよう、徹底的に手なずけてやることにしよう」

熊谷は尊大な態度でそう言い放つと、悠斗の首に手をかけてゆっくりと締めあげる。

「あっ、うぅっ…」

気道をふさがれ、悠斗は酸素を求めて口を大きく開いた。

「どうだ？　苦しいだろう？　なら、俺にキスをしろよ」

「い……。いや………だ…」

意識が遠のきかけたとき、ようやく熊谷の力がゆるんで悠斗は激しく咳《せ》き込《こ》む。

「ふん、今日は普通に抱いてやるつもりだったがやめだ。躾のため、強姦にしてやるよ」

そう言った熊谷の両手が胸元にかかり、恐ろしい力で一気にシャツを左右に引き裂く。

「いやだっ…やめろっ…！」

誰か助けて。

またこの男に好きなように嬲られるくらいなら、いっそ死にたい…。

絶望が悠斗の感情を支配しかけたそのとき、いきなり事務所のドアが蹴破《けやぶ》られた。

「悠斗っ！　どこだ？　どこにいる！」

信じられないが、それは紛れもなく圭吾の声だった。

嘘っ…どうしてここに…圭吾が？

「け、圭吾っ…ここだよ。助けて……！」

男に組み敷かれている半裸の悠斗の姿を目に留めた瞬間、圭吾の理性はブチ切れた。

「貴様ぁ！　悠斗になにをしている！」

圭吾は熊谷の肩を掴んで引き起こすと、男が体勢を立て直す前に強烈な拳を顔面に放つ。

その威力を示すように、抜けた前歯が赤い血を散らせながら床に転がった。

反撃が来る前にさらに膝で鳩尾《みぞおち》を深く蹴りあげ、前のめりにうずくまったところへ、さらに後頭部めがけて肘を振りおろす。

「ぐあっ」

鈍い音と同時にうめいた熊谷が床に顔面を殴打したのち、完全に動かなくなった。

圭吾はようやく肩で息をしながら、悠斗をその視界にとらえる。

「悠斗、おまえ…大丈夫か！」

突然の救出劇に喜びよりも唖然《あぜん》としている悠斗だったが、ようやく目の前にいる圭吾の姿を認識すると、跳ねるように身を起こして厚い胸に飛び込んだ。

「圭吾、圭吾っ………怖かった。怖かったんだ…」

「あぁそうだな。でももう大丈夫だ。俺が助けに来たから安心しろ。もう大丈夫だから」

そのとき、床に伏していた熊谷が、腹を押さえながら仰向《あおむ》けに転がった。

「よぉ。真成寺さんよぉ、俺にこんな狼藉《ろうぜき》を働いていいのか？　知ってんだぜ、あんたがゲイだってこと。立場上、バラされたらまずいだろう？　だから、俺に口止め料をよこせよ」

切れた唇の血を袖《そで》でぬぐいながらも、まだ圭吾まで脅そうとする熊谷に、悠斗は青くなる。

だが、圭吾は男に向かって毅然《きぜん》と言い切った。

「残念だが、俺はゲイだということを、別段隠してないんだ」

彼の発した言葉に、悠斗は少なからずも驚く。

パリではゲイだと公言していたとしても、日本でも同じで大丈夫なのだろうか？

「なぁ熊谷さん、あんたはなにか勘違いしているようだが、今どき、個人の嗜好《しこう》のことで公に差別する連中なんか俺の周りにいないさ」

堂々とした彼の態度は、なににも屈しない力強さがあった。

「くっ…ちくしょうっ」

熊谷は悔しげにののしり、その後、激しく咳をして血を吐いた。

そのとき、戸外からサイレンの音が聞こえ、それが少しずつ近づいてくるのがわかった。

圭吾の言葉を聞いた悠斗は、長い長い憂鬱からようやく解放され、心からの安堵を得た。

「おい悠斗、やっぱりおまえは、俺をゴシップから護ろうとしてたんだな？」

もう隠す必要はない。

「そう…だよ。熊谷に…圭吾がゲイだと公表するって脅されて、だから僕は……」

「…俺をかばって姿を消したんだな？　それが真相なんだな？」

圭吾にとって、それは長い間、ずっと知りたかった恋人の失踪理由だった。

「うん。そうだよ……熊谷に脅されていたんだ。僕も、それから父も…」

悠斗はさらに声を震わせてつけ加える。

「父さんは熊谷に脅されたことが原因で自殺に追い込まれたんだ。あんたは人殺しだ！」

悠斗に責められ、熊谷は焦りを見せるかと思ったが、ふてぶてしく平然と言い放った。

「はっ、そんな証拠がいったいどこにある？　ないだろう。残念だな」

圭吾は男の襟を摑んで、さらに顔面に一発をお見舞いした。

「くそっ、なんて奴だ。今のは悠斗のお父さんの分だ」

ところが悠斗は、めずらしく不敵な笑みを浮かべて反撃を始める。

「ありがとう圭吾、でも…悪いけど熊谷さん、証拠ならあるんだ」

「なんだと？」

悠斗は首にかけられたコインペンダントを裏返し、熊谷に見せつける。

そこには、なにか黒い異物が貼られていた。

「実はここに盗聴器が仕掛けてあったんだ。だからさっき話したことは、すべて録音されている。声紋認識であなたの声だと警察が断定したら、間違いなく自白とみなされるよ」

サイレンの音が事務所の前でやみ、にわかにあたりが騒がしくなった。

複数の足音が聞こえ、いきなり三人の警官がドアを開けて中に入ってくる。

「警察だ！　全員伏せろ！」

その姿に、悠斗はようやく本当に安堵した。

「剣持さんからの通報で、ここに拉致された人がいるとの情報を得た。加納悠斗さんはいますか？」

「はい！　僕です。拉致したのはこの熊谷という男です。それから恐喝の証拠があります」

悠斗はペンダントから盗聴器を外し、警官に手渡した。

「証拠品として預かります」

恐喝で父を自殺に追い込み、さらに悠斗まで苦しめた熊谷は、二度と二人に近づけないだろう。

悪夢の終演を知った悠斗は、ようやく安息の吐息とともに圭吾の腕の中で目を閉じた。


二人への事情聴取と、悠斗が渡した証拠である盗聴器の録音記録によって、熊谷は恐喝と誘拐罪で起訴されることになった。

さらには未解決の殺人事件が再捜査され、熊谷の事務所の家宅捜索で見つかった拳銃の銃創と、スナックの男性殺害事件で使われた弾の銃創が一致したことで、彼が未解決殺人事件の真犯人であることが判明した。

さらに、事務所の床下から腐敗した遺体が見つかり、ＤＮＡ鑑定の結果、殺害されたスナックの女性従業員だったことがわかり、それが逮捕の決定打となった。

おそらく熊谷には、死刑か無期懲役が言い渡されるだろう。


数日後、悠斗は三年前に蜜月を過ごした二人の家に、強引に連れ戻された。

ここしばらくは警察の事情聴取があり、つらいことを掘りさげられるなど、精神的に困憊《こんぱい》していたが、それでも気分は晴れやかだった。

だが反面、この家は圭吾との幸福な記憶に満ちていて、複雑な気分でもある。

「なぁ悠斗。おまえ、大丈夫か？」

リビングのソファーで、まるで借りてきた猫みたいに圭吾の隣でかしこまる悠斗。

「うん。いろいろ訊かれて嫌だったし疲れたけど、熊谷を撃退できたんだから気分はいいよ」

二人の前途に長期にわたって居座っていた問題は、すべて解決された。

「それならよかったよ。で、悠斗はまた…俺とここで暮らしてくれるんだよな？」

「……」

何度目かのその問いに、悠斗は口を閉ざしてうなだれる。

「ほら…また、だんまりだ」

「だって、いくら熊谷に脅されてたとしても、僕は圭吾のお金を持ったまま逃げたんだ。そう簡単に許されると思ってない」

「おまえが消えた理由も事情もわかったんだから、もういい。俺は悠斗を許してる。俺の方こそ、悠斗にひどいことをして悪かったたって猛反省してるんだ」

圭吾は寛大な様子を見せてくれたが、それでも悠斗は今も彼を好きだとは言えなかった。それに…。

「圭吾も知ってるだろう？　僕は、あいつらに…乱暴されたんだ。だから…」

どうしても彼に知られたくなくて隠し続けた真実を、ようやく自ら口にする。

「……悠斗は馬鹿だな」

すべてを知ってなお、圭吾はただ優しく悠斗を抱きしめてくれる。

包み込むような抱擁は温かくて、自分のすべてが浄化されていくような錯覚がした。

「俺は二度とおまえにつらい思いはさせない。絶対に悠斗を護るから。それに俺はゲイだと誰に知られてもかまわないんだ。ホテル業界なんて同類も多いんだから心配するな」

誠実であるが故に、悠斗は頑《かたく》なになってしまいなかなか自分を許せない。

「だめだよ。だって…僕は結婚詐欺師で嘘つきで汚れてる。だから圭吾にふさわしくない」

「なぁ悠斗。もうわかってるだろう？　俺にはおまえしかいない。おまえのいないこれからの人生なんて意味をなさないんだ。悠斗は違うのか？　この先、俺と一生離れて暮らすことができるのか？」

「え？　一生、離れて…？」

そんな…ことは、絶対に無理だ。

だって、本当はずっと圭吾と一緒にいたい。

悠斗の本心が悲鳴をあげた。

「それに俺はこのまま独身でいれば、親族が勧める相手とお見合い結婚させられるかもしれないんだぞ。いいのか？」

「だめだ！　そんなの絶対にいやだよ！」

圭吾はようやく、悠斗の本音を引き出せたようだ。

「ふふ…ようやく言ったな」

腕の中で顔をあげて叫んだ恋人を見て、圭吾は勝ち誇ったようにほくそ笑む。

「だって…圭吾が女性と結婚するなんて…すごく哀しいし、いやだから…」

悠斗が思わず涙ぐむと、今度は圭吾があわてた。

「ごめんごめん悪かった。結婚の話は嘘だよ。俺が愛せるのはこの先もおまえだけだ。でもほら、悠斗。ちゃんとおまえの声で言ってくれ。ここに…戻ってくるって」

ぎゅっと厚い胸に顔を埋めると、悠斗は小さな声で彼の望む答えを口にした。

「本当は…離れている間もずっと圭吾が好きだった。ここに戻ってきたいよ」

言い終わらないうちに苦しいほど抱きしめられた悠斗は、極上の幸福に身を委《ゆだ》ねた。

犬も食わない…♥

悠斗《ゆうと》は憤慨していた。

なぜなら、圭吾《けいご》の部屋を掃除していたとき、たまたま見つけてしまったのだ。

ドラマでしか見たことがない、いかにも…な、【お見合い写真】を。

しかも映っている女性は本当に品がよさそうで美人で、悠斗の闘争心を無駄に煽《あお》った。

「なんだよこれ。どうしてこんなものが、無造作に本棚に差してあるんだよ！」

お見合いという単語で思い当たるのは、この家に戻ってくることを決めた日の、圭吾の言葉だった。

あのとき圭吾は、悠斗が戻ってこなければ、自分は女性とお見合いさせられるかもしれないと言って自分を焦らせた。

その結果、ここに戻ることをとっさに口にしてしまったのだが、その直後に彼は見合いの話は嘘《うそ》だと白状したはずだ。

それなのに…。

「絶対、問い詰めてやる」

仕事から帰宅した圭吾を捕まえると、悠斗はいきなり真相究明に乗りだした。

「なぁ圭吾、これって…なに?」

悠斗のご機嫌が悪いことは帰宅してすぐ見抜いていた目めざとい圭吾だったが、とにかく差し出されたものを手に取り、豪華な厚紙の表紙を開けてみる。

その瞬間、表情が変わった。

「あ! あ〜、いや。悠斗……これは、違うんだって」

写真を見て急に旗色が悪くなった圭吾は、乱暴に前髪をかきあげながら否定する。

でもその仕草は、彼が困ったときの典型的なもので、しどろもどろな口調と相まってますます怪しい。

「前に女性とのお見合いの話をしたとき、圭吾は言ったよね。お見合いはしないって」

「だから、違うんだって。これはもっと前のもので…ほら、悠斗が失踪していた頃、叔父《おじ》が突然ここに押しかけてきて、見合い写真を無理やり置いてったんだ」

「ふ〜ん。僕がここに戻ってくる前のことならしょうがないけど…で、どうだったの? 会ったんでしょ。この綺麗《きれい》な人と」

「いや、あの…まぁ、叔父の顔を立てるために会うだけは会ったけど、もちろん一回きりで丁重に断ったさ」

「どうだか…」

悠斗はふんと鼻を鳴らして、腕を組んだ。

が……！

「そんなこと言うなら、俺だってあるぞ。おまえの浮気の証拠が」

相手からの、いきなりの切り返しだ。

「はぁ？」

急にそんな疑惑をかけられても、なにがなんだかわからないし寝耳に水だ。

ひるんだ悠斗の態度に勢いを得た圭吾は、スマホを操作して一枚の写真を見せる。

「…え？　これって…違うよ。この人は文具メーカーのデザイン部の山本《やまもと》さんだって。打ち合わせのあと、ちょっと一緒に食事しただけだろ？　それより、なんでこんな写真を隠し撮りしてるんだよ。信じられない……まさか僕、圭吾に尾行されてたってこと？」

相手の不徳を責めるはずが、逆に自分が疑われるなんて納得いかない。

「違う。たまたま俺も同じ日に近くで同僚と食事してたんだ。で、偶然悠斗たちを見かけたから写真を撮っただけだ」

それなら声をかければいいのに…と愚痴って、悠斗は唇を尖《とが》らせた。

「だけど、この山本って男…俺には遠く及ばないとはいえ、なかなかイケメンだよな。おまえはイケメン好きだし疑わしい」

浮気の疑念をかけられて、だんだん哀《かな》しくなってきた。

僕はこんなに圭吾だけが好きなのに…どうして？

「別に山本さんとは、なにもないって。本当にただの仕事の相手だ。なんだよ……圭吾なんか、僕以外の人とお見合いしたくせにっ」

「だから、おまえが戻ってくる前の話だろ」

「それでもやだ、圭吾の馬鹿！　浮気者」

悠斗は半べそをかきながらも、感情の高ぶるまま圭吾の胸をポカポカと叩いた。

「こら、悠斗！　ちょっ…落ちつけって。ほら…」

暴力的な両手ごと、圭吾は奪うように抱きしめる。

「やだ、やだ！　放せってば…浮気したのは圭吾のくせに、僕を責めるなんて最低！」

密着したせいで重なる鼓動はどちらも速く、まるで互いに呼応しているようだ。

圭吾に手を取られて優しく指を絡められると、急に切なさが募った。

「ほら、いい子だから悠斗…ごめんごめん。好きだから疑り深くなってしまったんだよ。悪かったって。な、俺だっておまえだけだよ」

叩かれた胸や肩がまだ痛い圭吾だが、自分がどれくらいこの乱暴者から愛されているかを、図らずも知ることができて、なんだか笑いが止まらなくて困った。

「なぁ、いいだろう？　悠斗…」

かけがえのない魂を、甘やかすためだけにベッドに誘った。

三十分後。

二人はベッドの脇に衣服を脱ぎ散らかしたまま、全裸で睦《むつ》み合っていた。

清潔なシーツの上で組み敷かれた悠斗は、自ら膝頭を広げ、濡《ぬ》れたペニスを後孔に迎え入れてもどかしげに喘《あえ》ぐ。

「あぁっ、気持ちいい…圭吾。そこ…もっと突いて…ぁぁ」

肉襞《にくひだ》をこすり倒す勃起《ぼっき》した竿《さお》は、濡れた粘膜を荒々しくかきまわした。

圭吾は抜ける寸前まで腰を引いては、逃がすまいとする収縮を愉しみながらまた打ち込む。

「あふっ…ぃい。いいよ…圭吾」

瘦身《そうしん》が迫りあがるほどの激しい律動を与える圭吾の肩に、悠斗はわざと爪を立てる。

「っ…」

どれだけ痛そうな顔をされても、筋肉の張った腕に赤い筋を残すことで、悠斗は途方もない優越感に浸れるからだ。

圭吾のすべては僕のものだ…と、彼の周りのすべてに知らしめたい。

そんな貪欲《どんよく》な渇望が悠斗の中で日に日に大きくなるのにはワケがある。

同性婚が認知されないこの国において、二人の関係に法的な拘束力がないからだ。

だからこそ、いつも目に見える確かな絆《きずな》や繫《つな》がりが欲しくなる。

「こら悠斗、俺に抱かれているのに考え事だなんて余裕だな？　もっと集中しろって」

とがめる声とは裏腹に、唇がこめかみに寄せられ、愛《いと》おしげに涙のあとを舐《な》めた。

くすぐったくて身をよじると、中に埋まったペニスの角度が不規則に変化して、快感が頭のてっぺんまで一気に突き抜ける。

「あぁぁっ」

今のは俺のせいじゃない…とでも言いたげな圭吾の顔がしゃくに障って、ぷいと顔を背けた。

「なぁ悠斗、今のおまえの顔とか声とか、かなりキタかも…」

そう言い終わる前に、圭吾はほっそりとした足を片方だけ肩に掲げ、不安定な体勢のまま大きく腰を突き込んでくる。

「あふぅ…圭吾、圭…それ、ぃやぁぁ」

言葉ではつい「いや」と口走ってしまう悠斗だけれど、本当はいやなんかじゃなかった。

圭吾のセックスはいつも気持ちいいから。

こうやって欲にまみれて暴走しても、圭吾だったらなんでも許せる。

それくらい、本当に好きだった。

「悠斗、なぁ。おまえはずっと俺を信じていろよ…俺には、生涯おまえだけなんだから」

わかってる。わかってるよ…。

こんなに愛されているのに、ちょっとしたことですぐ不安になる自分の弱さが情けない。

「ごめんね。ごめん…圭吾」

「おまえは？　なぁ…悠斗は、俺だけか？」

悠斗は両手を伸ばして逞《たくま》しい首根にしがみつき、汗ばんだ肌をすり寄せた。

もっと、くっついていたい。

「そうだよ。僕だって圭吾だけだ。こんなにも圭吾でいっぱいなんだから…」

「ふふ…そうだな。確かに今も、悠斗の中は俺でいっぱいだ」

気持ちのことを言ったのに、圭吾が意地悪く笑った。

「圭吾の馬鹿…んっ…ふ」

湿った吐息が絡まって、我慢できずに自らキスをする。

すぐに圭吾は激しく舌を絡めてきて、口づけに気を取られている間に、埋まったペニスが前立腺《ぜんりつせん》を深く抉《えぐ》った。

「あう…はぁあっ」

もっともっと快感を得たくて、自ら腰を捧《ささ》げるように突き出してしまう。

圭吾は少し笑ったあと、今度は真上から壊すほどの注送で濡れた粘膜をこすり立て、かきまわした。

体温はどんどんあがって、触れているところが火傷《やけど》しそうなほど放熱する。

抱きしめて欲しくて、圭吾の首に摑まった両手で身体を引き寄せると、それじゃ動きにくいと圭吾に叱《しか》られた。

とん…と、胸を押されて再び後頭部がピローに沈むと、一気に律動は加速していく。

「あぁ！　あ、ぁぅっ、すごい。圭吾、もっと…きて。もっと…強く…がいい」

何度も抱き合うたびに好きが増幅して、そのたびに悠斗はちょっとだけ不安になる。

でも、それは圭吾が大事で大切だからなんだ。

「なぁ悠斗、この先も絶対に浮気をしないか？　誓ってくれよ…」

貪欲に答えを求められ、独占される喜びにまつげが細かく震えた。

「ぁあっ…ぅん。僕は…圭吾だけだよ。圭吾が好きだから、絶対に……浮気なんてしない」

繰り返し繰り返し、波紋のように身体を揺さぶられ、打ち寄せる快楽に酔いしれる。

「約束だぞ」

「うん。だから、もっとして…」


好きだから嫉妬《しっと》するし、好きだから独占したい。

些細《ささい》な誤解や嫉妬も、すべては甘い夫婦関係のための少しばかりのエッセンス。

ようするに、犬も食わないのが、夫婦ゲンカなのだそう。

あとがき

こんにちは。早乙女彩乃です。

花嫁モノは二年前にシャレード文庫から発行された『砂漠の王子と偽装花嫁』以来となりましたが、自分的にはとっても楽しく書かせていただきました！

エロに関しても、首輪での調教や複数のローターを使っての責めも書けたので、皆さまにも楽しんでいただけているといいなと願っています。でも少々…「ひぎっ」とか「あぐぅぅ」とか書きすぎた点が今になって読むとやりすぎ感でいっぱいです（涙）。

さてさて、とはいえ今回のお話は…。

『生涯を誓った花嫁に一億円を騙し取って逃げられた優しい夫が、三年かかって花嫁を執念で捕らえ、首輪をつけた上で監禁して借金を身体で返済させる』

と、ちょっと鬼畜なテーマで書き始めたため、当初は圭吾をSな攻キャラにしようともくろんでいました。ですが結果的には悠斗にぞっこんで、甘い感じになってしまったような…？

あ、でも私の書く『甘い』は、一般的には普通レベルかもしれないです（苦笑）。

そして実は受に関しても、結婚詐欺師と決めたときはガッツリ強欲な詐欺師設定にしようと考えていたのですが、いろいろプロットを練っていくうちに、追い詰められて詐欺に至るというふうに変化していきました。

でも編集さま曰く、BL的にはこちらが正解らしいのでよかったです。でも批判承知で一度、強欲まみれの受も書いてみたい気持ちもありますけれどね。

いつもお世話になっている編集部のSさま。今回もナイスな提案やご指導、ありがとうございました。引き続きよろしくお願いいたします。

そして初めてご担当いただいたイラストレーターの水名瀬雅良先生。繊細なのにシャープな挿絵をありがとうございました。圭吾がすごくかっこよくて、キャララフを見てほれぼれしてしまいました！　ありがとうございました。

何本書いても相変わらずのヘッポコ字書きですが、どうか懲りずに次回作でもお会いできることを祈っております。

いつも読んでくださる皆さま、今回も本当にありがとうございました。

早乙女彩乃

早乙女彩乃先生、水名瀬雅良先生へのお便り、
本作品に関するご意見、ご感想などは
〒101-8405
東京都千代田区三崎町2-18-11
二見書房　シャレード文庫
「結婚詐欺花嫁の恋～官能の復讐～」係まで。

本作品は書き下ろしです

CHARADE BUNKO

結《けっ》婚《こん》詐《さ》欺《ぎ》花《はな》嫁《よめ》の恋《こい》～官能《かんのう》の復讐《ふくしゅう》～

【著者】早乙女彩乃《さおとめあやの》

【発行所】株式会社二見書房
東京都千代田区三崎町2-18-11
電話　03(3515)2311［営業］
　　　03(3515)2314［編集］
振替　00170-4-2639
【印刷】株式会社堀内印刷所
【製本】ナショナル製本協同組合

落丁・乱丁本はお取り替えいたします。
定価は、カバーに表示してあります。

ISBN978-4-576-15035-2

http://charade.futami.co.jp/